© 2021, Buzz Editora
© 2021, Ilko Minev

Publisher ANDERSON CAVALCANTE
Editoras SIMONE PAULINO, LUISA TIEPPO
Assistente editorial JOÃO LUCAS Z. KOSCE
Projeto gráfico ESTÚDIO GRIFO
Assistentes de design FELIPE REGIS, NATHALIA NAVARRO, STEPHANIE Y. SHU
Revisão ELENA JUDENSNAIDER, ANTONIO CASTRO

Imagem de capa MARIANA SERRI
Pântano #1, 2012. Óleo e cera sobre tela. 20 × 30 cm.
Fotografia: Milene Rinaldi

Dados Internacionais de Catalogação na Publicação (CIP)
(Câmara Brasileira do Livro, SP, Brasil)

M664f
    Minev, Ilko
    A filha dos rios / Ilko Minev
    São Paulo: Buzz Editora, 2021.
    192 pp.

    ISBN 978-65-86077-85-8

1. Literatura 2. Região amazônica.
3. História local. I. Título.

2020-2855   CDD 800
                          CDU 8

Elaborado por Vagner Rodolfo da Silva - CRB 8/9410
Índices para catálogo sistemático:
1. Literatura 800 2. Literatura 8

Todos os direitos reservados à:
Buzz Editora Ltda.
Av. Paulista, 726 – mezanino
CEP: 01310-100 – São Paulo, SP
[55 11] 4171 2317 | 4171 2318
contato@buzzeditora.com.br
www.buzzeditora.com.br

A filha dos rios

Ilko Minev

7	De Purus a Abunã
39	Quatro ases
61	O garimpo
79	O garimpeiro
113	Os segredos de Sandra
135	A guerra da prainha
145	Oleg e Alice
157	Destinos
171	Eu, Maria
185	Glossário

De Purus a Abunã

O homem jovem sentado na proa da pequena canoa remava no mesmo ritmo há várias horas. Seguia por um longo e estreito canal que ligava o rio Purus ao lago Igapó-Mirim, onde, segundo os relatos, havia abundância de todos os tipos de peixe. Assim que chegasse ao lago, precisaria pescar alguma coisa – não comia fazia quase doze horas. Finalmente, viu a vegetação se abrir e a luz do sol penetrar no igapó. Estava chegando. A água era bem escura – quase preta –, sinal seguro de que era limpa e boa para beber. Mantendo a cadência, soltou um pequeno anzol amarrado a uma minúscula pena poucos metros atrás da canoa. Foi rápido. Bem na entrada do lago, o homem sentiu pesar a linha de náilon: tinha fisgado uma pequena piranha. Era insuficiente para a refeição de alguém forte como ele. Voltou a soltar a isca e esperou nova fisgada. Logo veio outra pequena piranha e só na terceira tentativa um peixe um pouco maior agarrou o anzol. Um tucunaré, outro predador típico daquela região.

Agora o homem tinha comida suficiente e precisava apenas achar terra firme no imenso alagado que se forma todos os anos na época das águas altas. Parecia fácil, mas não era. O caboclo remava sem achar um só lugar onde pudesse sair da canoa, fazer uma fogueira e assar os peixes. Foi então que avistou, no meio do nada, uma pequena casa flutuante de madeira. Chegou perto e viu que era habitada, tinha um cachorro e até uma pequena horta.

"Caboclo maneiro", ele pensou, enquanto encostava sua canoa no flutuante sustentado por imensos troncos de açacu. O vira-lata não parava de latir e logo apareceram alguns habitantes da casa. Cinco crianças de várias idades e uma mulher franzina, com traços típicos de ribeirinha, que não devia ter mais de 30 anos, mesmo aparentando muito mais.

– Sou novo por aqui, dona. Meu nome é Adriano. Estou procurando terra firme onde possa assar um peixe e passar a noite.

– Vai procurar bastante e não vai achar. Nesta época do ano estas bandas não têm barranco. Terra firme só na beira do Purus – a mulher respondeu.

Agora, pisando no assoalho mais alto que o nível da água, Adriano viu duas canoas paradas no meio da enseada, em frente à casa flutuante. Os ocupantes das canoas disparavam flechas para o alto, uma atrás da outra, sem parar.

– O que estão fazendo? – perguntou. – Estão atrás de bicho de casco?

Adriano tinha assistido algumas vezes os caboclos pescarem tartarugas e tracajás. Calculavam a trajetória e disparavam a flecha para cima. Ao cair na vertical, a flecha tinha pleno impacto sobre a carapaça. Os tiros diretos, mesmo certeiros, não davam certo. As flechas simplesmente eram desviadas pelo casco duro e liso.

– Não! Estão parados em cima de um cardume de jaraquis. Nem estão mirando, apenas soltam flechas para cima. Quando elas caem, quase sempre acertam. Ali tem muito peixe. Meu nome é Eulália – apresentou-se a dona da casa.

– Talvez eu possa ajudar. Tenho tarrafa na canoa e sei arremessar bem.

– É melhor esperar. Já é tempo de Maria e Antônio voltarem. Ainda mais que devem ter ouvido o latido do cachorro.

As canoas realmente chegaram logo. Uma delas, conduzida por um caboclo de meia-idade, vinha lotada de peixes até a borda, e a outra era conduzida por uma menina morena, tostada do sol, rosto iluminado por dois olhos surpreendentemente verdes.

– Mãe, seu Antônio pegou peixe demais. Vão estragar neste calor.

A menina nem deu atenção ao forasteiro e entrou na casa. Em silêncio, Antônio encostou, amarrou a canoa e antes de sair apressado perguntou rispidamente:

– Quem é você?

– Me chamo Adriano. Sou filho de Renildo Antunes e dona Selma, da cidade de Lábrea.

– O que veio fazer no nosso lago?

– Estou descendo o Purus em minha canoa, a caminho de Manaus. Preciso de um lugar para pernoitar – o jovem respondeu.

– Aqui não pode. Este lago já tem dono – cortou Antônio.

– Queria apenas assar um peixe e dormir. Amanhã vou embora.

– Naquela outra ponta, na saída do lago, tem um flutuante abandonado. Você pode assar seu peixe e pernoitar ali. – Antônio apontou para a outra beira, que ficava bem distante.

Não havia mais o que conversar, e Adriano voltou para sua canoa. Despediu-se e seguiu devagar na direção indicada por Antônio.

O homem mais velho ficou visivelmente aliviado. Não tinha gostado do aparecimento do intruso, ainda mais que já tinha visto a espingarda no fundo da canoa e sabia que o estranho não era indefeso.

Adriano levou quase uma hora para achar os restos do flutuante abandonado. O local serviria para aquela noite, mas não oferecia nenhuma proteção contra o mau tempo. Não havia mais paredes nem telhado, só um pouco de piso de madeira sobre dois imensos troncos de açacu. Foi suficiente para acender o fogo e assar os peixes. O canoeiro foi dormir com as primeiras estrelas.

Como o sono do homem da floresta nunca é muito profundo, no meio da noite percebeu o som abafado de remadas, primeiro longe, depois cada vez mais perto. Era noite de lua cheia e ele enxergava bem em volta. Em silêncio estendeu a mão até a arma carregada, empurrou a canoa e se escondeu no mato que ficava ao lado do flutuante. Logo Adriano se deu conta: o som era de mais de uma canoa e os remadores não só não queriam passar despercebidos como, muito pelo contrário, faziam mais barulho que o necessário. Da penumbra, surgiram duas canoas que foram encostando no flutuante.

– O forasteiro já foi embora! – Adriano ouviu a voz da dona Eulália.
– Não, mãe. Estou vendo ele escondido no mato, morrendo de medo – a menina respondeu em tom de provocação.
– Estou aqui. Não tenho medo, só não sabia quem se aproximava.
– Preciso falar contigo, forasteiro. Tem que ser rápido! – Eulália não queria perder tempo e, sem sair da canoa, foi direto ao assunto:
– Maria é minha filha de antes de eu me juntar a Antônio. Agora está ficando moça e não pode mais ficar aqui. Percebo Antônio olhando para ela, espiando enquanto a menina toma banho ou troca de roupa. Sei que vai avançar a qualquer momento. Maria já começou a sangrar e agora é mulher – justificou. – Antes que aconteça uma desgraça, ela tem que ir embora!
Adriano olhou para a moça, que não se mexia nem falava. Mesmo à luz da lua, dava para perceber que se tratava de uma adolescente. Vestia um calção Adidas de futebol que a deixava mais parecida com um menino do que com uma mulher. Os seios pequenos, ainda em formação, que destoavam por baixo da camiseta surrada, eram a única coisa feminina naquela criatura.
– Leva ela, antes que seja tarde. Antônio tomou uma cachaça e vai dormir mais algumas horas, tempo suficiente para eu voltar. Vou apanhar muito, mesmo alegando que não sei de nada e que Maria simplesmente saiu despercebida numa das canoas. Ainda vou esconder os remos. Vai levar um tempão para achá-los e quando acontecer vocês vão estar muito longe.

"Estou metido numa fria", Adriano pensou, "ela nem me deu escolha! Nem perguntou se quero a menina!".

Cheio de dúvidas, meio surpreso consigo mesmo, Adriano se ouviu dizer:

– Onde estão as coisas dela? Vamos partir logo. Minha canoa fica muito pesada e lenta com duas pessoas. Como é o nome todo da Maria?

– Ela só tem uma muda. – A mãe colocou uma pequena sacola, um arco e algumas flechas no fundo da canoa. – Maria é filha do boto. Eu era mocinha, mais jovem que ela é hoje, quando o encontrei disfarçado de pescador. Chamava-se Reinaldo e foi dele que a menina herdou os olhos verdes. Nunca mais voltou nem sabe da criança. Não faço ideia por onde anda e nem sei se ainda está vivo. Maria não tem documentos, nunca foi registrada.

Adriano sabia bem do que dona Eulália estava falando. Os barrancos dos rios amazônicos abrigavam muitos filhos e filhas do boto encantado. Assim, a lenda justificava as crianças que nasciam sem pai conhecido, frequentemente fruto de uma paixão fugaz de ingênuas moças ribeirinhas com algum forasteiro sedutor.

Mãe e filha se abraçaram, Adriano colheu os escassos pertences da menina e as canoas se separaram.

– Um dia eu volto e trago sua filha, dona Eulália. Mais uma coisa: que idade ela tem?

– Logo vai fazer 16 – a mãe respondeu, e por um momento Adriano pensou que tinha visto lágrimas nos olhos dela. Mas, apesar da lua cheia, aquela luz não era suficiente para confirmar lágrimas, e ele não poderia ter certeza.

Então Maria começou a remar em direção ao canal que conduzia para fora do lago, e Eulália, sem olhar para trás, remou na direção oposta.

A menina só parece frágil, mas é forte e uma excelente remadora, constatou Adriano. Foi quando ouviu um soluço e percebeu que Maria mal segurava o choro. Colocou a mão no ombro dela e tentou acalmá-la.

– Não me toque! – exclamou a garota, e ele se deu conta de que o convívio com aquela criatura no pequeno espaço da canoa não seria fácil.

– Não vou tocá-la! Vamos até a cidade de Manacapuru, no rio Solimões, e então vamos decidir o que fazer. A primeira coisa é te registrar. Como estás agora, tu nem existes. Em Manacapuru, ou quem sabe em Manaus, podemos procurar algum lugar para ti.

Ela não respondeu, e continuaram em silêncio a remar na direção do grande rio. O pequeno mundo de Maria até então estava restrito ao lago onde havia nascido – nunca tinha chegado tão longe.

Os primeiros raios de sol despertaram a floresta. Garças apressadas e papagaios barulhentos apareceram por todos os lados. Incrédula, a menina viu a floresta se abrir e a canoa deslizar para um imenso curso de água amarela, o grande rio Purus. Por um lado, ficou mais fácil remar, porque a canoa seguia a corrente forte do rio. Por outro, apareceram ondas maiores, como Maria nunca tinha visto. Passaram o dia remando, nem pararam para comer. Só no fim do dia Adriano escolheu uma enseada, que na verdade era a entrada para um pequeno lago, e anunciou:

– É aqui que vamos passar a noite. Vou pescar no lago enquanto tu fazes fogo e amarras a rede. Volto logo com peixe e água limpa.

Adriano sabia manusear uma tarrafa muito bem e logo pescou algumas matrinxãs, comida mais que suficiente para a próxima refeição. Quando voltou, ficou satisfeito ao notar que o fogo estava aceso, e a rede, estendida.

Para surpresa dele, Maria pediu a canoa, remou para dentro do pequeno lago e, de longe, Adriano a viu entrar na água. Riu consigo mesmo, porque tinha feito a mesma coisa – o dia tinha sido quente e o esforço físico, bastante grande. Diferente do lamacento rio Purus, a água escura, mas limpa, dos lagos que o cercavam oferecia conforto inigualável, e mergulhar nela era a melhor maneira de relaxar e lavar o suor do corpo. Quase ao lado dela boiou um boto, mas Maria não se assustou – estava acostumada com eles.

Jantaram em silêncio. Durante o dia não tinham trocado mais que meia dúzia de palavras, um observando o outro.

– Só temos uma rede, vamos ter que dormir nela. Não tenha medo, não vou tocá-la – Adriano rompeu o silêncio.

– Achei um pano azul na canoa – ela retrucou, referindo-se à pequena lona que Adriano usava para se proteger da chuva. – Vou dormir nele.

– Já que não confia, durmo eu na lona e tu na rede – decidiu rápido. – Vou apagar o fogo. Não dá para dormir com tanto carapanã.

"Não sei como vai ser no dia que chover", Adriano pensou, e, cansado, caiu no sono.

Acordou sentindo cheiro de cinzas. Abriu os olhos e viu Maria acendendo o fogo. Ainda estava escuro, mas dava para sentir o novo dia. O sol, ainda invisível, já iluminava as nuvens no horizonte, enquanto da floresta vinham o canto de pássaros e distantes gritos de macacos. Permaneceu deitado observando os movimentos de Maria. Ela deixou um pequeno recipiente com água no fogo, desceu até a canoa e em silêncio, com remadas fortes, se dirigiu para o lago.

Vai ser engraçado se ela for embora com minha canoa, Adriano pensou. Pelo menos a espingarda e o facão estão comigo. Mas ela não faria isso. Não tinha para onde ir. Além disso, a pequena sacola com os escassos pertences dela havia ficado junto à fogueira.

Meia hora depois, Maria voltou com algumas folhas e ervas.

– Minha mãe me ensinou a fazer chá.

Foi o primeiro café da manhã de Adriano depois da morte do pai e de sua saída apressada da agora distante Lábrea.

A convivência na minúscula canoa com meros três metros de comprimento, não era fácil. A simples troca de roupa ou qualquer necessidade fisiológica expunha demais e tornava tudo ainda mais embaraçoso. Revezavam-se na proa, no comando da canoa, e nessa hora, sem querer, cada um oferecia uma vista privilegiada ao companheiro. Quando chovia, a roupa molhada pouco escondia o corpo, e Adriano podia ver os seios ainda pequenos de Maria. Era uma menina esguia de pernas bem-torneadas, longos cabelos negros e lisos, que traíam sua origem, mistura de índio com branco – uma autêntica cabocla de pele morena e olhos surpreendentemente verdes. Quando remava, algumas partes do corpo, normalmente cobertas pela blusa e pelo calção Adidas, apareciam de forma tímida, e Adriano acabou descobrindo que o tom de pele da moça era bem mais claro e que, na verdade, ela estava queimada pelo sol inclemente. Outra coisa que ele logo começou a perceber era que sua companheira conhecia a vida no mato melhor que ele. Admirado, viu que os sentidos dela eram mais aguçados que os seus e que sabia interpretar os misteriosos sons vindos da floresta com uma exatidão de músico.

Quatro dias depois da fuga do Igapó-Mirim, a canoa chegou à região do Surará, um dos mais lindos lagos da Amazônia. Precisavam descansar alguns dias, e aquele era o lugar apropriado. O lago não era habitado, mas ao lado de sua entrada estreita, na margem direita do rio Purus, encontrava-se um pequeno povoado. Maria observava maravilhada o movimento incessante das canoas com rabeta longa – ou rabetinha, como era chamado o pequeno e improvisado motor – que os caboclos usavam para pescar e se deslocar. No Igapó-Mirim, ela já tinha visto de longe barcos pesqueiros que usavam motores grandes e até iates e canoas com motores de popa. Às vezes, seu padrasto servia de guia para aqueles pescadores, mas fazia de tudo para manter sua família bem longe dos visitantes. Era assim que ganhava algum dinheiro para comprar café, açúcar, cachaça, sal e até roupas dos regatões que visitavam o lago uma ou duas vezes por ano em busca de castanhas, óleo de copaíba, pirarucu seco e bichos de casco.

No Surará, pela primeira vez na vida ela podia ter contato com gente estranha e ver algumas das maravilhas da civilização. Nos flutuantes que ficavam em frente ao vilarejo tinha um pouco de tudo. O mais impressionante era, sem dúvida, o rádio, que não parava de falar e transmitir música e notícias. Até então, a única música que a pequena Maria tinha ouvido era o cantarolar incompreensível da mãe. Como a música, quase tudo nesse novo universo era desconhecido, surpreendente e encantador. Adriano assistia àquele despertar da menina acanhada do Igapó-Mirim com um misto de carinho e compaixão. Parecia um bichinho assustado e ao mesmo tempo curioso, que não conseguia esconder sua imensa vontade e alegria de conhecer o mundo novo, maravilhoso e intrigante.

Para Adriano, nada daquilo que Maria agora encontrava pela primeira vez era novidade. Em Lábrea, tinha levado a típica vida de uma pequena cidade do interior da Amazônia. Frequentou escola, aprendeu a ler, escrever e fazer contas, jogou muito futebol com os amigos, teve seus primeiros namoricos e, mais recentemente, até algumas experiências sexuais com fogosas vizinhas e impacientes amigas da escola. Como era um rapaz alto, forte e de boa aparência, acostumou-se desde cedo a ter sucesso com as mulheres. O pai trabalhava no Banco do Brasil, tinha casa própria e posses um pouco acima da média da pequena cidade, onde a prosperidade das famílias era medida pela quantidade de mosqueteiros que possuíam.

Quando Adriano tinha 15 anos, sua mãe faleceu por conta de uma doença fulminante e arrasadora, que o médico da cidade não conseguiu identificar. O pai, viúvo ainda jovem, não demorou em achar consolo num colo bem mais novo. Casou-se de novo e, aos quatro filhos do primeiro casamento, todos homens, rapidamente começaram a se somar novos membros da prole. Os irmãos mais velhos se apressaram em sair de casa, até porque o convívio com a madrasta, da mesma idade que eles, não era muito fácil. Um teve a sorte de arranjar emprego na prefeitura, outros dois se alistaram no Exército e somente Adriano, o caçula, ainda no último ano da escola, permaneceu na casa paterna. Era o preferido do pai, com quem costumava pescar e caçar nos finais de semana. Sabendo que estava prestes a ser promovido e ganhar um salário ainda melhor, Renildo resolveu investir em seu lazer preferido e construir uma nova e mais confortável canoa. O estaleiro improvisado ficava perto de sua casa e quase todos os dias, depois do expediente no banco, passava uma horinha acompanhando os avanços no trabalho artesanal. Durante uma das visitas de um grande barco em construção no mesmo estaleiro, uma tábua pesada se desprendeu e caiu com tudo em cima de Renildo. O futuro subgerente do Banco do Brasil em Lábrea morreu naquele instante sem ter tempo de sentir dor. Tudo indicava que alguém negligente, mas sem intenção alguma, havia provocado a infeliz tragédia. Como não existia nenhum interesse em desvendar o caso, e as testemunhas declaravam que não tinham visto absolutamente nada, o responsável nunca foi descoberto, e a morte do Renildo ficou por isso mesmo.

Passado o primeiro abalo, Adriano se deu conta de que sem a presença do pai tinha se transformado em um estranho na família. Não restava dúvida: era tempo de partir. Antes do inevitável aparecimento de desavenças e problemas com a jovem viúva, ele se apressou em sugerir uma divisão dos bens do pai, muito vantajosa para ela. Venderia a canoa velha e ficaria com a nova, a espingarda, um mosqueteiro, algumas fotografias antigas da família e todos os artefatos de pesca do pai. A madrasta ficaria com a casa e tudo nela, além da aposentadoria do Banco do Brasil. Como não tinha interesse algum em canoas, espingardas, tarrafas e anzóis, a moça aceitou a proposta na mesma hora.

Adriano ainda ficou alguns dias em casa, enquanto vendia a canoa antiga por migalhas que mal cobriam o que faltava pagar para o estaleiro, mas, com algum sentimento de culpa, o proprietário do estaleiro se recusou a receber. Então, com pouco dinheiro no bolso e em posse de uma canoa nova em folha, finalmente se despediu. Já tinha tomado sua decisão: iria descer o rio Purus e depois o rio Solimões até a cidade de Manaus.

Surará, onde moravam menos de cinquenta famílias, revelou-se um bom lugar para Maria começar o longo aprendizado que a nova vida exigia. Já nos primeiros dias, Adriano fez novas amizades e conseguiu permissão do líder comunitário para se abrigar nos restos de uma velha casa flutuante, a única ancorada dentro do lago. O próximo passo foi caçar naquela região pródiga de patos, antas e veados. Enquanto isto, Maria passava o dia no flutuante da dona Neide – misto de armazém, restaurante e ponto de encontro. Ela começou a ajudar e a aprender a cozinhar com a proprietária, e logo se tornou especialista em preparar todo tipo de peixes, sardinhas, tambaquis, pirarucus, jaraquis e até saborosa caldeirada de bodó.

A convivência agora era menos intensa, porque Adriano saía cedo e, às vezes, passava o dia e a noite pescando e caçando. A região do lago Surará, com sua mata intocada, água limpa e transparente, morros altos e relevo distinto, era famosa pelas enormes árvores centenárias, animais de todos os tipos e peixes para todos os gostos. A pesca e especialmente a caça rendiam a Adriano alguns cruzeiros. Com eles fez pequenos consertos no telhado da casa, que ficou bem mais habitável. Uma área maior ficou protegida da chuva – ele já não precisaria mais dormir embaixo da rede da Maria, que ficava protegida pela lona.

Nos finais de semana, o flutuante da dona Neide se transformava em boate, onde um pequeno gerador Honda providenciava eletricidade suficiente para um pouco de iluminação e garantia o funcionamento de uma geladeira e um congelador, abarrotados de cerveja para os sedentos pescadores. Nos sábados, um batelão vinha da cidade de Manacapuru, trazendo gelo, refrigerante, cerveja, cachaça e algumas moças sempre dispostas a bater um bom papo, beberIcar umas cervejas, dançar e até aliviar a tensão dos pescadores mais generosos. As tias de programa, uma vez que não eram tão jovens a ponto de serem chamadas de garotas, já não conseguiam concorrer no disputado mercado de Manacapuru, a maior cidade naquela região, com uns trinta mil habitantes.

Uma vitrola JVC que os caboclos chamavam de *três em um* – rádio, toca-disco e toca-fita – garantia a diversão geral e irrestrita. Depois das primeiras cervejas e goles de cachaça, a música ficava mais alta, os ânimos esquentavam, começavam as danças e os inevitáveis *esfrega-bucho*. Como era de se esperar, era comum que as festas acabassem em brigas e até tiroteios. Dona Neide não queria ver nada dessas confusões no flutuante dela – só queria vender bebida e comida e, por isso mesmo, os desordeiros eram imediatamente convidados a se retirar e os mais afoitos nem eram mais aceitos como clientes.

O grande acúmulo de gente se revelou uma oportunidade ímpar para Maria. Até ela tomar conta da cozinha, os visitantes sempre pediam alguma refeição no começo da noite e depois ficavam só na bebida – a cozinha fechava cedo. Depois de acumular experiência durante quase um ano, Maria se sentiu segura para insistir com dona Neide que estendesse o horário e oferecesse iscas de variados peixes, macaxeira cozida, cará roxo e outras delícias amazônicas para os esfomeados foliões. O sucesso foi total.

Feliz da vida com a renda adicional, dona Neide começou a remunerar um pouco melhor o trabalho da nova cozinheira. Foi assim que Maria pôde tomar seus primeiros refrigerantes e experimentar – e reprovar – o gosto da cerveja, mesmo bem gelada. Comprou roupas novas, porque a menina magricela tinha crescido e amadurecido rápido e não cabia mais nas roupas de garoto que tinha usado até então. Para surpresa de Adriano, os calções Adidas foram trocados por roupas femininas e, de repente, a garota que ele costumava apresentar como irmã se transformou numa mulher atraente da qual os homens não tiravam os olhos. Aos poucos Maria se tornou a principal atração do flutuante da dona Neide. Afoitos pescadores, alguns até amigos de Adriano, cada vez que pediam comida, insistiam em entrar na cozinha e conversar com ela. Quase sempre a convidavam para dançar ou passear no dia seguinte. A despeito das respostas negativas, o número de admiradores não parava de crescer, e a fama da cabocla bonita, de coxas firmes, olhos verdes e cabaço novinho em folha atraía até pescadores que nunca antes tinham visitado o flutuante da dona Neide.

A súbita notoriedade começou a incomodar: Maria não podia mais ser deixada um minuto sem proteção. A casa flutuante semidestruída que os abrigava ficava num lugar isolado, por isso, as caçadas noturnas de Adriano se tornaram cada vez mais raras. Até de dia poderia ser perigoso deixá-la só. Como por acaso, várias canoas desfilavam em marcha lenta, bem próximas ao flutuante, e olhos curiosos procuravam enxergar a moradora formosa. Um ano antes, quando chegaram em Surará, Maria tinha passado despercebida, mas estava claro que as coisas haviam mudado muito. Um sentimento estranho e desconhecido até então apoderava-se de Adriano cada vez que algum homem assanhado se aproximava, cheio de rapapés e salamaleques. Pior: parecia que ela gostava desse jogo, tanto que quando se afastava brindava o galanteador com um balançado de quadril de tirar o fôlego.

– Quando terminar de pagar as roupas vou comprar uma rede nova para ti – ela prometeu um dia.

"A rede que temos é grande o suficiente para nós dois, se tu não fosses tão teimosa", ele pensou, mas não disse nada. Definitivamente não queria uma rede só para si.

Adriano nem queria pensar no dia em que Maria pegasse gosto pelas inúmeras cantadas, mas sabia muito bem que esse momento iria chegar. Sofria com a ideia.

Era cedo, a primeira claridade penetrou timidamente no interior da casa flutuante e Adriano percebeu surpreso que a rede da Maria estava vazia. Onde é que ela teria se metido? Com uma pontinha daquele sentimento estranho dentro dele, levantou-se e olhou para fora. O sol ainda não tinha saído, e uma leve neblina cobria o lago. Involuntariamente, segurou a respiração. Ao lado do flutuante, dentro da água até os joelhos, Maria tomava banho nua até a cintura. Nem durante aquela semana que tinham passado juntos na canoa remando até chegar ao Surará Adriano a tinha visto tão descoberta. Naqueles tempos ela mais parecia um moleque pronto para jogar futebol, não tinha nada em comum com a fêmea que estava vendo agora... Da posição em que estava podia saborear a figura esguia e os seios brancos, que contrastavam com os mamilos redondos e salientes e o resto do corpo bronzeado do sol. Foi tomado por uma sensação forte e nem precisou baixar o rosto para saber que a excitação dele era bem visível. Ela fez menção de voltar, e Adriano correu para dentro da casa. Quando entrou, já vestida, o achou sentado no chão se espreguiçando como se acabasse de acordar naquele instante.

– Bom dia! Acordou tarde hoje.

– Hoje vou limpar a espingarda e ajeitar algumas coisas aqui em casa – retrucou, como se nada tivesse acontecido.

– Também vou passar o dia aqui. Preciso lavar roupa.

Passaram a manhã cuidando das tarefas. No calor do meio-dia, procuraram uma sombra no canto mais ventilado do flutuante para esperar o sol baixar. Naquela hora até os botos procuravam uma sombra.

– Conte um pouco da tua vida. Só sei que és de Lábrea e que és órfão – Maria quis saber.

– Nada muito interessante. Escola, família, irmãos. Depois minha mãe morreu – até então as palavras saíam com dificuldade, mas a lembrança da mãe chamou outras recordações. Contou dos tempos felizes da infância e da escola e da recente morte do pai. Então, lembrou-se de um acontecimento engraçado dos primeiros dias no rio Purus e caiu na gargalhada.

– Conte! O que foi agora? – Maria queria rir junto.

Uma semana antes da chegada ao Igapó-Mirim, tinha visitado outro lago igualmente isolado. Não demorou para encontrar uma casa flutuante com várias canoas apoitadas na frente e nenhuma pessoa à vista. Chegou bem perto e bateu palmas, como era costumeiro para anunciar a presença de gente estranha. Ouviu algumas vozes murmurando dentro da casa, mas, como ninguém apareceu, amarrou a canoa no flutuante e bateu na porta. Na penumbra viu várias pessoas em volta de uma rede, na qual um senhor velho e seminu estava deitado.

– Graças a Deus! – o velho murmurou quando viu a silhueta na porta. – O padre chegou!

Os homens que cercavam a rede se apressaram em explicar a situação. O pai estava morrendo e, sendo um homem religioso, pediu a presença de um padre. Tinham passado dois dias desde que o filho mais jovem tinha se mandado para a paróquia mais próxima. O velho já não reconhecia absolutamente ninguém, mas o padre ainda não tinha aparecido. A distância era grande, e o mensageiro poderia não ter encontrado o padre, muita coisa poderia ter acontecido. Isso não importava mais! O recém-chegado forasteiro podia muito bem passar por padre – o velho estava realmente nas últimas e não iria reparar. Assim, Adriano foi obrigado a passar grande parte da noite segurando a mão do homem moribundo, até que, de madrugada, o velho realmente bateu as botas.

Maria não parava de rir – ela conhecia muito bem a vida isolada e singela naqueles confins de mundo e podia imaginar sem dificuldade aquela cena. Esses pensamentos a levaram de volta a Igapó-Mirim. Lembrou-se da mãe e dos irmãos e ficou séria. Depois de alguns momentos de silêncio, continuou:

– Não sei ler nem escrever. Tenho até vergonha. Também não tenho documentos, não estou registrada, praticamente não existo.

– Vamos te registrar em Manacapuru. Aqui em Surará não tem cartório nem delegacia. Talvez eu possa te ensinar a ler e escrever. Vou ver se acho um caderno, um lápis e algum livro escolar – Adriano tinha gostado da ideia. Passariam horas juntos e ele seria o professor.

No dia seguinte, Adriano acordou cedo como sempre, mas ficou deitado. Viu Maria se levantar e sair. Esperou um pouco e a seguiu. Para o deleite dele, a cena do dia anterior se repetiu, só que ainda melhor. Com uma cuia, a menina pegava água e com visível prazer a derramava nos cabelos longos. Segurando a respiração, Adriano a viu ficar por alguns instantes sem nada sobre a pele: corpo perfeito de fêmea jovem, seios empinados, mamilos bem salientes, cintura fina, ancas firmes e triângulo púbico bem delineado. Assim que a menina começou a se vestir, ele correu para seu lugar no chão e se deitou de novo. Sentia um tesão louco que chegava a doer de tão intenso. Permaneceu imóvel por mais um tempo até que a ereção cedesse e então se levantou.

– Estou atrasado – exclamou e correu para a canoa. Saiu remando como um desatinado.

Os dois dias seguintes, sexta-feira e sábado, eram de grande movimento, por isso Maria iria pernoitar no flutuante da dona Neide. Mas também era época de caçar patos, e Adriano não podia perder a oportunidade. À noite, deitado no fundo da canoa, não conseguia cair no sono. Maria não lhe saía da cabeça. Nunca antes tinha sentido alguma coisa parecida. Pensar nela o deixava feliz, ansioso e um pouco tonto. O sorriso, os olhos, o cabelo, os seios, o balanço do traseiro firme, o jeito desafiador, a simples presença dela – tudo o encantava. Era difícil de acreditar que ela tinha crescido tão de repente sem ele enxergar esses atributos, ali bem pertinho dele. Foi aos poucos percebendo que estava perdidamente apaixonado e com receio de perdê-la. Precisava encontrar uma solução o mais rápido possível. Embalado pelos pensamentos, o sono finalmente o venceu.

Passado o fim de semana, foi buscar Maria no flutuante da dona Neide e voltaram juntos para casa. Adriano tinha planejado se declarar logo, mas as palavras ficaram entaladas na garganta. Foram dormir, como sempre, cada um no seu canto – ela na rede e ele no chão. De madrugada, ele acordou antes da primeira luz e fingiu que ainda estava dormindo até que viu Maria sair da rede e se dirigir para fora. Era o mesmo ritual dos dias anteriores. Excitado e impaciente, esperou um pouco e a seguiu, como tinha feito nas outras vezes. Para surpresa dele, ela não estava no lugar de sempre. Curioso, avançou mais um pouco até a beira da água, mas mesmo assim não a viu. Preocupado, dirigiu-se ao outro lado do flutuante, onde tinha mais água e dava para nadar. Nesse instante sentiu um forte impacto que o desequilibrou e o fez cair na água. Ainda no ar, percebeu que o tombo tinha sido provocado por Maria, que caía junto com ele. Não refeito da surpresa, conseguiu ficar em pé – a água naquele lugar batia na cintura. Sem falar uma só palavra, Maria grudou nele com força.

Sentiu os seios dela roçar no seu peito, as coxas o abraçarem com volúpia e a boca impaciente sugar seus lábios. Assim, fundidos um ao outro, emergiram da água. Ele começou a beijar-lhe as orelhas e o pescoço, até chegar aos mamilos, enquanto as mãos se enchiam das ancas firmes. Só então se deu conta de que ela estava completamente nua. Sentiu um tremor percorrer o corpo dela, os mamilos enrijeceram e o abraço das pernas se tornou mais forte. Carregou-a para fora da água e, assim que puseram os pés na areia, ela o puxou ainda com mais força até que ele caiu suave por cima dela. Com a mesma ânsia, procurou de novo seus seios, deslizou a mão até apalpar o triângulo de pelos ralos e sentir o sangue latejar por baixo dele. Pouco a pouco desceu a boca até o umbigo e depois voltou a beijar os mamilos. O corpo dela estremeceu de novo, e ela retribuiu o carinho primeiro por cima do calção, depois, decidida, enfiou a mão por baixo. Era a vez de Adriano ficar arrepiado. O calção foi arrancado na mesma hora e, possuído de desejo, ele esmagou o corpo dela com todo seu peso, enquanto Maria o segurava com a mesma delicadeza, sensibilidade e precisão com que a violinista conduz o arco, e ansiosa e impaciente o guiou para dentro de si.

Foi um ato lento, no início ela estava tensa. Passados os primeiros momentos, relaxou e o abraçou de novo com as coxas; os dois corpos se uniram em um suave movimento rítmico até que ela balbuciou alguma coisa incompreensível. Aquele som penetrou a cabeça dele e o fez enlouquecer. Sentiu seu corpo se contrair em um espasmo dolorosamente delicioso, que nem suspeitava existir com tamanha intensidade.

Ficaram estendidos no chão lado a lado tentando recuperar o fôlego. Então, Maria o beijou mais uma vez e sussurrou:

– Não vou mais comprar rede nova – riram descontraídos, e ela confessou. – Na semana passada tu me espiaste enquanto eu tomava banho. Eu te vi. Tirei a roupa toda de propósito para ver o que farias, mas não aconteceu nada. Parece que ficaste assustado.

Passados alguns minutos, Maria voltou a se aninhar em seus braços e montou na barriga dele como numa brincadeira, debruçou-se e mordiscou sua orelha, depois desceu até o pescoço e o sugou até ele sentir uma estranha cócega, que o fez ficar todo arrepiado. Aos poucos, ela guiou os seios pequenos e firmes até a sua boca e os ofereceu. Ele mordiscou um por um os mamilos, que enrijeceram de novo cheios de desejo.

– Temos muito para correr atrás – pensou enquanto sentia as forças e a vontade voltarem.

– Demoraste tanto tempo para me enxergar – ela balbuciou.

Ficaram somente mais dois meses no Surará. O destino quis que fossem direto para Manaus sem parar em Manacapuru. E isso aconteceu quando o Igaratim-Açu, um grande barco de passeio, atracou na entrada do lago, e o comandante procurou por um timoneiro que conhecesse os arredores para guiar a canoa do patrão. Adriano se ofereceu na hora. Pescaram muitos peixes e, no fim do dia, ele foi convidado a jantar junto com a tripulação. Conversa vai, conversa vem, e Adriano, além da remuneração generosa, recebeu uma preciosa informação: o barco precisava com urgência de uma cozinheira e um tripulante. No dia seguinte, Maria fez um teste na cozinha do Igaratim-Açu com tamanho sucesso que Adriano nem precisou demonstrar suas habilidades. O casal foi contratado no mesmo instante, embarcou seus pertences, despediu-se de dona Neide e dos outros habitantes do lugarejo e partiu para Manaus.

A viagem e tudo que a seguiu eram novidade não só para Maria, mas também para Adriano. O rio Solimões era maior e mais poderoso do que tudo que tinham visto até então. Em poucas horas as águas rápidas do grande rio, ajudadas pelo motor possante, levaram o Igaratim-Açu até o majestoso encontro das águas barrentas do Solimões com as águas escuras e calmas do rio Negro. Era de segurar a respiração – os dois gigantes correm juntos por vários quilômetros sem se misturar até que finalmente, cansados de brigar, se fundem num só – o todo-poderoso Amazonas. Era um espetáculo sem igual.

– Já tinha ouvido falar, mas nunca poderia imaginar! – exclamou Adriano. Com ar solene, aninhada nos braços de Adriano, como se procurasse proteção de uma força maior, Maria assistia a tudo com um misto de surpresa e admiração. O resto da tripulação entendia bem o que os jovens estavam sentindo. Todos tinham passado por emoções semelhantes em seu primeiro encontro com aquele gigantesco fenômeno da natureza.

De repente, ouviu-se uma poderosa sirene: o Igaratim-Açú passara ao lado de um navio cargueiro, uma verdadeira montanha de ferro. Ao chegarem mais perto do porto, cruzaram com outro navio, ainda maior.

– Esses são navios pequenos – informou o comandante. – Manaus tem por volta de trezentos mil habitantes e não chega a ser uma cidade grande. No Brasil, muitas são bem maiores.

Os primeiros dias em Manaus foram cheios de novidades. Maria e Adriano moravam no Igaratim-Açu e passavam os dias cuidando da limpeza e da manutenção.

A maior parte dos tripulantes, com exceção do comandante Pedrinho, era de trabalhadores temporários, que raramente estavam presentes enquanto o barco permanecia parado. Nessas ocasiões sobrava bastante tempo, que Adriano aproveitava para ensinar Maria a ler e escrever. Para surpresa dele, ela se revelou excelente aluna e logo se tornou assídua leitora de todos os jornais que apareciam a bordo, mesmo quando eram do dia anterior ou usados como embalagem. As notícias eram as mais variadas possíveis – eram tempos turbulentos, que antecediam o golpe militar de 1964.

Os meses de aprendizado passados no Igaratim-Açu foram muito importantes para começarem a se adaptar à cidade grande, ganhar um pouco de experiência e se situar no mundo novo que se abria à sua frente. O contato com os habitantes dos outros barcos, ancorados no igarapé de Educandos, foi primordial para a melhor compreensão da realidade manauara e brasileira. Era verdade que apenas nos finais de semana sobrava algum tempo para conhecer a cidade e suas maravilhas – os passeios na Praça da Matriz e na avenida Eduardo Ribeiro, os filmes no Cine Politeama, o sorvete na Leiteria Amazonas e o café no Bar Americano. O cinema encantava Maria de tal maneira que ela não conseguia dormir por várias noites depois de assistir aos filmes do Hitchcock e passava a semana sorrindo após assistir a uma boa comédia de Oscarito.

Nos anos 1960, Manaus era uma cidade em decadência, que tinha conhecido a prosperidade na época áurea da borracha, no início do século XX, e herdado a infraestrutura deixada pelos ingleses que, embora deteriorada, ainda funcionava. No panorama arquitetônico, destacavam-se os casarões portugueses, com tetos altos e enormes janelas que garantiam uma ventilação melhor. Prédios e construções majestosas como o Palácio da Justiça, o Mercado Municipal, a Alfândega e o Porto, o Palácio Rio Negro e o Teatro Amazonas insistiam em lembrar ao visitante desavisado que aquela cidade tinha conhecido tempos muito melhores. O centro era pavimentado e tão bem arborizado que o calor não incomodava em demasia. O que aborrecia muito mais era a falta de atividade econômica e o desemprego – mesmo muito mal pagos, Maria e Adriano tinham bastante sorte de ter trabalho.

Mas essa sorte não durou muito tempo. Como era de se esperar, as horas para lá de gostosas de ginásticas, malabarismos, carícias, risos e gemidos na rede deram fruto – um belo dia Maria se sentiu diferente, vomitou e depois dormiu várias horas. Nas semanas seguintes voltou a vomitar, sentiu os seios maiores, os enjoos e a sonolência aumentaram, a menstruação não veio e ficou evidente que ela estava grávida. Orgulhosos e ainda sem entender bem as consequências desse fato, contaram tudo ao comandante, que arregalou os olhos.

– Com neném ela não pode continuar no barco.

Mesmo a contragosto, Pedrinho aconselhou Adriano a procurar outro lugar para morar e trabalhar. O capitão era um bom homem, sabia a dificuldade de arranjar emprego e tinha pena dos dois jovens, mas não tinha como contrariar as determinações do proprietário da embarcação. Com muita pena, deu 60 dias para os jovens resolverem a vida – era tudo o que poderia fazer.

O comandante Pedrinho ainda sentia remorsos por despedi-los e pensou que ajudaria se os apresentasse a um advogado conhecido, que costumava alugar o Igaratim-Açu. O advogado precisava de uma boa cozinheira para a festa de aniversário da filha, e Maria, que viu ali uma chance de conquistar a simpatia e a ajuda do homem poderoso, empenhou-se como nunca no preparo das comidas e dos doces. A esposa dele era uma mulher de bom coração que, comovida com a história da moça, intercedeu junto ao marido e seus amigos influentes. Assim, em poucos dias apareceu uma certidão de nascimento que comprovava que Maria B. Brasil era nascida em Santarém, no Pará, no dia 14 de janeiro de 1948. Ninguém nunca soube de onde veio ou o que significava aquele *B* nem o nome de família – Brasil. Também ficou sem explicação a escolha da data e do local de nascimento. O importante era que Maria, de repente, passou a existir e até conseguiu carteira de identidade.

Enquanto isso, Adriano era atraído por um anúncio no jornal *A Crítica*, de grande circulação. Estavam procurando um caseiro para tomar conta de um banho, como eram chamados os sítios cortados por paradisíacos igarapés com água cristalina, que ficavam nas cercanias da cidade e que, nos dias abafados do verão equatorial, ofereciam conforto inigualável. Era uma boa chance de arranjar emprego e moradia ao mesmo tempo. Foi assim que encontrou pela primeira vez Benjamin Melul, que se preparava para passar uma temporada no seringal Quatro Ases. No início do século XX, o seringal tinha produzido grande quantidade de borracha e havia garantido o bem-estar da família por muitos anos. Benjamin acreditava que aquela propriedade enorme e tão pródiga, no distante rio Abunã na fronteira com Bolívia, haveria de voltar a funcionar e gerar riquezas para a família Melul. Valia a pena tentar. Precisava achar uma pessoa que durante sua ausência tomasse conta das propriedades da família – o banho muito bem localizado e o casarão no centro da cidade de Manaus. O resultado do encontro foi muito positivo; Benjamin simpatizou de cara com aquele jovem de boa aparência. Ficou surpreso quando ouviu a história dele e da companheira nas matas do rio Purus. Era um arranjo perfeito, mas ainda assim pediu um tempo para pensar. No dia seguinte, Adriano e Maria se apresentaram no grande casarão da família Melul, onde tiveram uma conversa prolongada com Benjamim e sua esposa Nina. Rapidamente foi selado um acordo que parecia bom para todos. Os Melul podiam pagar pouco para o caseiro, mas o banho era grande e tinha muitas árvores frutíferas. Bastava criar algumas galinhas e plantar macaxeira e a sobrevivência estava garantida. Além disso, a criança que iria nascer em poucos meses teria um lar.

Então Nina teve uma ideia diferente:

– Por que não os levamos junto conosco para Quatro Ases? Vou me sentir muito mais segura. Eles têm arma e muita experiência no mato, justamente o que nos falta. Adriano parece um rapaz muito sensato e Maria é uma cabocla simpática e trabalhadora. Não temos como pagá-los, mas podemos oferecer uma participação nos ganhos. Com dois décimos eles vão ficar muito satisfeitos e nós vamos ganhar segurança. O único gasto agora seriam as passagens até Porto Velho e Fortaleza do Abunã.

Candidatos para tomar conta do nosso banho de Manaus não faltam.

Um mês depois, os dois casais embarcavam para Porto Velho, munidos de tudo o que se podia imaginar. Ao partir para um seringal não se pode esquecer nada, especialmente armas, munição, fósforos, facões, pano, fio e agulha, panelas, coturnos, chapéu, redes e mosqueteiros, sal, café, açúcar, calendário e até alguns livros.

Quando finalmente o barco atracou, um pouco antes da grande cachoeira da Fortaleza do Abunã, até onde o rio ainda era navegável, a gravidez da Maria já era bem visível, mas ela ainda irradiava alegria e disposição para trabalhar.

O traslado até o seringal não foi nada fácil. A carroça alugada se espremia na estreita estrada de terra aberta na floresta há muitos anos. A selva tinha tomado conta de tal maneira que agora só restava uma picada e, em alguns trechos, era necessário abrir caminho cortando galhos e pequenas árvores. Em Fortaleza do Abunã, Benjamin tinha contratado mais dois seringueiros experientes com a promessa de pagar, a cada um, uma décima parte da produção.

O pequeno grupo teve de pernoitar duas noites na floresta antes de chegar à área descampada, já tomada de mato secundário. Lá, embaixo da sombra de uma enorme sumaúma, ficava o barracão abandonado, antiga sede da fazenda. Parte do casarão de madeira ainda estava em pé, mas o assoalho e o telhado estavam em estado lastimável. Grande parte da madeira estava completamente podre e tinha de ser substituída – levou quase dois meses para tornar o casarão habitável e limpar a área em volta dele. As casas dos seringueiros ficavam um pouco distantes, escondidas na sombra das árvores num descampado menor. Estavam em estado ainda pior, mas os novos ocupantes, depois de muito trabalho, conseguiram recuperar duas delas.

Foi nesses tempos de muito trabalho e nenhum conforto que Nina e Maria se tornaram amigas. Nina deu graças a Deus por ter aquela cabocla forte consigo – admirava a alegria, a capacidade de trabalho e o conhecimento da floresta que Maria esbanjava. Maria, por outro lado, apreciava a coragem, a bondade e o bom senso que Nina demonstrava sempre que necessário. Assim, com a ajuda de Nina, Maria melhorou seus conhecimentos de português e ainda ganhou algumas noções de aritmética. Em troca, retribuiu com ensinamentos práticos: como limpar a casa e preparar as refeições, interpretar os sons da floresta e enfrentar as adversidades com a naturalidade e o fatalismo do caboclo. Desses tempos difíceis, mas cheios de expectativas, restou o apelido de Maria: quando viu seu nome na carteira de identidade – Maria B. Brasil –, Nina exclamou:

– Mas é claro! B. de Bonita! – E o nome ficou.

Passados os dois primeiros meses de adaptação, o seringal Quatro Ases finalmente produziu as primeiras pelas de borracha. Já era tempo, afinal as reservas de Benjamin estavam esgotadas. Não demoraram para descobrir que o seringal era pouco rentável; os custos da produção de borracha, muito altos; os preços, muito baixos; as distâncias, muito grandes; e os lucros, quase inexistentes.

No meio desses acontecimentos, grande e saudável, nasceu Isaías, um simpático glutão de voz forte e olhos verdes como a mãe. Um ano depois, Nina e Benjamin tiveram Alice. No ano seguinte nasceu a irmã de Isaías, Lídia, e, por último, o pequeno Ariel, irmão de Alice. Enquanto os seringueiros, após quase cinco anos sem resultados positivos, abandonavam o seringal que não conseguia sustentá-los, Benjamin e Adriano resistiam. Quando eles também entenderam que a experiência no seringal tinha sido um fracasso, restou juntar forças para retornar a Manaus. Tinha chegado o momento da volta tão desejada à civilização.

Quatro ases

Nuvens negras cobriam o céu e um forte vento de chuva indicava que mais um dilúvio amazônico já caía em algum lugar e não demoraria a chegar. Benjamin precisava atravessar o rio antes da escuridão da noite e, ainda mais importante, antes da tempestade. A canoa estava amarrada ao tronco de um pequeno arbusto no lado boliviano, justamente no encontro das águas claras do rio Abunã com as águas escuras de um pequeno afluente que vinha das terras altas da Bolívia, rasgando a virgem e densa floresta selvagem que cobria esse distante fim do mundo.

O Abunã não é um rio muito largo, e a travessia para o Brasil não demoraria mais de alguns minutos. A maior parte do trabalho já estava feita. Apenas quatro pelas de borracha ainda permaneciam no alto do barranco – só faltava embarcá-las e, então, poderia partir ainda com bastante luz. Ofegante, iniciava a subida do barranco mais uma vez quando começou a chover e, quase ao mesmo tempo, um estrondoso e ameaçador barulho vindo do rio menor invadiu a floresta. Parecia um gigantesco trem desgovernado que se aproximava com velocidade alucinante. Mal deu tempo de se virar e assistir incrédulo a uma grande onda, quase da altura de um homem, passar com velocidade e violência impressionantes e invadir as águas calmas do rio Abunã: uma parede de água que arrancava árvores e destruía tudo. Benjamin nem chegou a ver sua frágil canoa, carregada de pelas, ser engolida pela fúria das águas como se fosse um pequeno brinquedo.

Sabia exatamente o que tinha acontecido. Tempos atrás, logo no primeiro ano naquela região, tinha presenciado os estragos causados pelo mesmo fenômeno raro. Naquele dia, rio acima, havia caído uma chuva torrencial. Em pouco tempo, uma enxurrada de água desabou do céu e ficou represada nas cabeceiras atrás de uma barragem natural formada por uma grande quantidade de árvores caídas no leito do rio, reforçada por capim e outros dejetos orgânicos. A porção de água que o céu cinzento despejou naquele lugar era bem maior que a vazão, então em pouco tempo se formou uma lagoa que não parava de crescer, até que o peso da água represada, num só estrondo, varreu os obstáculos e abriu caminho com violência espetacular e assustadora – uma imensa pororoca com força descomunal. A muralha de água derrubou e arrastou árvores, casas, flutuantes e barrancos – nada resistia àquela força bruta.

Daquela vez, Benjamin tinha escapado sem maiores prejuízos, só que agora o desastre foi completo. As águas enfurecidas destruíram não só o barco, mas também levaram seis preciosas pelas, fruto de seu trabalho de anos. As pelas significavam a salvação da família Melul e a volta tão desejada à civilização, onde pelo menos tinha vizinhos para conversar, escola para as crianças, posto médico, sinagoga no Shabat e cinema aos domingos. Sabia que Nina tinha tomado a decisão – iria voltar para Manaus com as crianças de qualquer jeito, com ou sem ele. Nesse mesmo instante, ansiosa, ela o esperava sozinha no barracão, como tradicionalmente era chamado o casarão do patrão seringalista, que ficava do lado brasileiro. Em outros tempos, a casa velha de madeira podre tinha conhecido prosperidade e poder, mas agora se encontrava em estado deplorável. Dali a pouco, Ariel e Alice já estariam dormindo, e ela ficaria acordada na escuridão, contando os minutos para a chegada de Benjamin, escutando os misteriosos sons da floresta e sonhando com o iminente retorno à cidade grande.

Exausto e desolado, Benjamin procurou um lugar plano e um pouco protegido da chuva e se preparou para passar uma longa noite. Por sorte o facão não tinha ficado na canoa, e isso lhe dava alguma sensação de segurança. A água tinha levado a espingarda e o fósforo mas, mesmo assim, não estava completamente indefeso. A noite na floresta fechada é sempre escura ao extremo, e sons estranhos, e às vezes apavorantes e ameaçadores, irrompem de todas as direções. Uma pessoa qualquer ficaria apavorada, mas não era o caso do Benjamin, que tinha alguma experiência de mateiro.

Mesmo cansado, permaneceu acordado tentando se proteger dos mosquitos, rezou um pouco e depois, já sonolento e embalado pela exaustão, ficou recordando sua infância e juventude no Colégio Estadual Dom Pedro II, na distante Manaus. Fazia questão de proporcionar estudos a Alice e Ariel. Esse pensamento pareceu lhe dar novas forças. Sim, iria se reerguer! Do lado brasileiro do seringal ainda havia 12 pelas, além de ter sobrado uma pequena quantidade de castanhas e o mais importante:

ele, Nina e as crianças estavam vivos. O caboclo Adriano era forte e experiente. Com a ajuda dele ainda seria possível retornar à cidade e recomeçar a vida. Poderia ter sido muito pior!

Nina tinha se rebelado com toda a razão. Já era tempo de reconhecer que o retorno do jovem casal ao seringal da família Melul no rio Abunã havia sido um completo fracasso. Nem mesmo as belas cachoeiras e as praias de areia branca que se estendiam ao longo do rio tinham feito valer a pena.

No início do século XX, o avô de Benjamin tinha comprado o seringal Quatro Ases – e, por algum tempo, prosperado. É verdade que ficava um pouco atrás do fim do mundo, mas em compensação produzia muita hévea. Seu avô era coronel de barranco de muito sucesso – tinha ganhado bastante dinheiro em pouco tempo e se tornado uma das pessoas mais ricas de Manaus. Com o fim melancólico da Primeira Batalha da Borracha, em 1915 – quando a hévea barata e abundante da Malásia conquistou o mercado mundial e os clientes sumiram –, a fonte secou, e a família foi perdendo quase todos os bens adquiridos na época da prosperidade. Para os nove netos restaram a casa antiga no centro de Manaus, em péssimo estado de conservação, e um banho, além do distante seringal Quatro Ases, há muitos anos desabitado e inoperante. Nada disso tinha valor significativo, mas a memória dos anos prósperos continuava viva e a história do vovô Melul era repetida com grande frequência no seio da empobrecida família.

Na década de 1960, toda a família Melul debandou para lugares mais prósperos, como Rio de Janeiro e São Paulo, e apenas os recém-casados Benjamin e Nina foram tomados pelo espírito aventureiro dos antepassados e atraídos pela ilusão de reviver os tempos áureos. Partiriam para uma temporada naquele lugar remoto e virgem na fronteira com a Bolívia. Esperavam ganhar algum dinheiro com o comércio de borracha e outros produtos regionais e ainda desbravar a beleza selvagem da região. Nas palavras do avô, naquele lugar encantado um casal jovem e apaixonado como eles nem sentiria a falta de amigos e parentes.

Com o corpo cansado e deixando-se embalar pelas lembranças, Benjamin cochilou um sono leve de animal selvagem, com todos os sentidos em alerta. De madrugada, em algum lugar bem próximo, uma árvore enorme, desestabilizada pela enxurrada ou então muito velha, desabou, derrubando a vegetação ao redor. No meio da escuridão e daquele som ensurdecedor, não teve tempo nem de rezar. De repente o silêncio voltou, interrompido pelo barulho do mato, que se acomodava na nova posição. Era a renovação da floresta, como acontecia há milhares de anos. Com os primeiros raios de sol, vieram de novo os mosquitos e a consciência de que tinha escapado por pouco.

– Ainda não foi dessa vez – respirou, aliviado. – Tomara que não pegue mais uma malária.

Não dava mais para dormir e, enquanto esperava a chegada da claridade, voltou a lembrar dos primeiros dias no seringal. De fato, o velho Melul havia avisado aos netos que a vida na floresta não era nada fácil. Tinha contado do isolamento e como, por absoluta falta de calendário, fizera os cálculos dos feriados judaicos pelo posicionamento da lua. Só que a história dele parecia tão romântica que ninguém prestou atenção aos detalhes. Ninguém parecia lembrar que na mesma época do avô, no distante ano de 1930, muitos outros seringalistas tinham abandonado suas propriedades em uma fuga desesperada. Os seringais já não davam dinheiro nem sustento – só picadas de cobras, fome, doenças e solidão. 1932 foi o pior ano que a Amazônia conheceu. O preço da tonelada de borracha desabou para 34 libras esterlinas, uma fração de seu custo, e levou consigo até os mais tradicionais administradores de seringais do rio Abunã. Mesmo obstinados, os Abrahim, Benchimol e Reis jogaram a toalha e partiram em busca de abrigo em Manaus e Belém.

Quase quarenta anos depois, a economia não deslanchava e a falta de perspectiva para o futuro persistia. O jovem casal logo se deu conta de que sem a elevada renda que a borracha tinha proporcionado em outros tempos, embora gastassem pouco com comida e usassem a antiga sede para moradia, não sobraria nada. Quando iam voltar, como que para complicar as coisas, logo no início do segundo ano, Nina ficou grávida e, com isso, o retorno foi adiado mais um pouco. Sem o devido planejamento, depois do nascimento de Alice, Nina engravidou novamente. Essa segunda gravidez foi problemática e Ariel nasceu prematuro. Dois meses antes do tempo, Nina sentiu os primeiros sinais quando o casal se encontrava do lado boliviano do seringal. Mesmo com a bolsa rompida, insistiu que a levassem para o barracão do outro costado, pois fazia questão de que o filho fosse brasileiro. Ali também teria mais conforto e a ajuda de Maria Bonita. O traslado demandou um grande esforço. Na canoa estavam Benjamin e uma velha índia. Nina praticamente se arrastou até a beira do rio. O trabalho de parto já estava bastante avançado, e a presença da índia foi fundamental: Ariel tinha pressa e nasceu na praia, do lado que a mãe desejava.

Apesar das precauções, a malária castigou toda a família. Não bastaram os mosqueteiros que protegiam as camas, tampouco evitar os horários mais perigosos.

No dia a dia, Nina fazia os trabalhos domésticos e tomava conta das crianças. Maria a ajudava. Nos finais de tarde, passava o resto do tempo debruçada sobre uma velha máquina de costura confeccionando blusões e calças de brim para os seringueiros que moravam na região. Trabalhava na penumbra da lamparina a querosene, a única iluminação noturna. Com essa pequena renda adicional, conseguia comprar o equivalente a quase uma pela por ano. Adriano era o ajudante e, também, parceiro de Benjamin. O trabalho árduo parava só na sexta-feira à tarde, com a chegada do Shabat. A mulher acendia as velas, Benjamin recitava o *Kidush* de cor, lia alguns trechos do livro *Arvit de Shabat* e, depois do jantar, terminava a noite com sua leitura preferida, *Pirkei Avot: a ética dos pais*.

Apesar do esforço, tudo o que Benjamin e Adriano conseguiram juntar nesses cinco anos foram dez pelas de borracha no lado boliviano e um pouco mais no lado brasileiro. Calculavam que isso seria o suficiente para comprar passagens de barco até Porto Velho e de lá voltar a Manaus. Sobraria um pouco de dinheiro para enfrentar os primeiros meses na cidade enquanto recomeçavam a vida. Todo o trabalho e as privações não tinham adiantado tanto, mas Nina não queria esperar nem mais um minuto:

– Se você quer ficar, pode ficar, mas eu vou e levo as crianças – disparou na primeira vez na vida em que tinha se rebelado. – Meus filhos um dia vão ser doutores! Alice logo vai precisar de escola. Se nos ama de verdade, venha atrás da gente.

Benjamin concordava – o tempo havia se esgotado. A solidão e o isolamento se abatiam sobre eles e estava claro que as perspectivas não eram nada animadoras. Era hora de reconhecer a derrota e sair antes do próximo surto de malária.

– Vamos todos! Chegou a hora! – Nina ouviu aliviada a decisão do marido.

Com os primeiros raios de luz, Benjamin desceu até a beira do rio Abunã, que parecia ter voltado ao normal. As únicas lembranças da pororoca do dia anterior eram a água um pouco mais turva e o nível ligeiramente mais alto que o habitual. Ele ainda se encontrava na margem direita do rio, que um pouco mais adiante fazia uma curva à esquerda. Esperançoso, pensou que naquela curva a força da água poderia ter arremessado alguns destroços da canoa para fora do leito. Andou ao longo do rio, abrindo caminho com o facão, espantando pássaros e iguanas curiosas, até que localizou uma caixa de isopor e um dos remos do seu barco bem fora da água, quase dois metros mais alto que o leito normal. Por um breve momento um sentimento de esperança se instalou; vasculhou tudo em volta, mas não achou mais nada. Nesse instante ouviu o som de um apito que vinha do outro lado do rio.

– Aqui! – gritou com toda a força, procurou seu próprio apito, que estava pendurado no pescoço, e respondeu. Logo depois ouviu de novo o som estridente, agora um pouco mais perto. O bendito apito fora introduzido anos antes como meio de comunicação por ele mesmo, e todos no seringal tinham gostado da ideia. Só podia ser o Adriano, que morava perto da casa-grande e era o único que ainda trabalhava no Quatro Ases. Estava salvo! Continuou a apitar e, aliviado, pensou no futuro.

Não demorou e do outro lado do rio, numa pequena praia de areia branca, apareceu a figura de um homem jovem, alto e magro. Com o facão, Benjamin cortou a vegetação em volta de si e os dois homens puderam se enxergar.

– Adriano, amigo! Perdi a canoa, a arma e seis pelas naquela tromba-d'água que veio da Bolívia. Por sorte ainda sobraram algumas. Justamente estou a procurar em volta; quem sabe, acho mais coisas. Esteve com dona Nina?

Adriano não conseguia ouvir porque o vento soprava ao contrário, e Benjamin repetiu a pergunta. Quando finalmente entendeu a mensagem, Adriano gritou de volta:

– Foi ela quem deu alarme! Ficou desesperada quando você não apareceu ontem à noite. Agora vou voltar para tranquilizá-la e procurar uma canoa para resgatar as pelas que se salvaram. Pode demorar, porque a enxurrada levou muitas outras canoas também.

Apesar da distância e da dificuldade em se comunicar, conseguiram combinar que Benjamin juntaria tudo o que pudesse ser salvo e esperaria no mesmo lugar pela volta de Adriano.

Mais tarde, naquele dia, Benjamin ouviu de novo o apito e respondeu prontamente. Não apareceu nenhuma canoa, mas logo percebeu o movimento de pessoas do outro lado do rio.

– Trouxe dona Nina e Ariel! – gritou Adriano. – Canoa só amanhã. Pode vir nadando? Quando chegar perto, jogo uma corda!

Não pensou duas vezes. Nina estava esperando por ele. Deixou o facão e o sapato com as pelas e se jogou no rio. Embora estivesse há muitas horas sem comer, era vigoroso e conseguia nadar com largas braçadas. No meio do rio a corrente o arrastou, mas não o suficiente para afastá-lo do local onde o esperavam. Adriano arremessou uma corda; já cansado, Benjamin a agarrou e foi arrastado para a beira. Só então viu Nina, que acompanhava a manobra. Ensopado e ainda ofegante a abraçou e sentiu o calor das lágrimas caindo em seu ombro.

– *Baruch Hashem*, graças a Deus, você está vivo! Não sei como aguentei essa noite. Pensei no pior!

– Perdi o barco, minha arma e seis pelas – disse baixinho, quase sussurrando.

– Tivemos muita sorte – ela retrucou. – Foram-se os anéis, mas ficaram os dedos. Já, já vamos recuperar tudo e ainda este ano voltamos para Manaus.
– Dos dedos você não vai se livrar tão cedo! – riu, aliviado.
Então, ele ouviu a voz de Ariel e a explicação:
– Ariel veio comigo. Alice ficou com Maria, Isaías e Lídia na casa de Adriano.
Passaram a noite na praia abraçados debaixo da lona, tentando se proteger dos mosquitos. A fogueira, que ficou acesa durante a noite para oferecer alguma proteção contra onças e outros animais selvagens, acabou perturbando a paz de um bando de macacos barulhentos, que não parava de gritar.
No dia seguinte a canoa veio, as pelas foram finalmente transportadas para o lado brasileiro e depois carregadas até a sede do seringal, duas de cada vez, no lombo do jegue que Benjamin tinha comprado numa visita a Fortaleza do Abunã. Pela primeira vez em muitas noites, Benjamin dormiu relaxado. Deitada ao lado, Nina curtia a respiração rítmica do homem que amava e agradecia a Deus que o pesadelo tinha acabado.
Três dias mais tarde Benjamin se sentiu mal, com dores pelo corpo todo e febre alta. Os mesmos sintomas acometeram Adriano e, em um primeiro momento, pareceu que tinham contraído malária outra vez. Logo surgiram sinais em Nina e, por último, no pequeno Ariel. Aquela noite na praia havia sido um completo desastre. Sobrou para Maria tomar conta dos quatro doentes, além, é claro, de Alice, Isaías e Lídia.

Os doentes foram piorando rapidamente, sangravam pelo nariz e cuspiam sangue; a febre aumentou e apareceram manchas azuis na pele. Maria conhecia bem aquelas manchas. Não, não era malária – horrorizada, ela reconheceu uma enfermidade muito pior, velha conhecida dos tempos de infância no rio Purus: a terrível febre amarela. Anos antes, ela e a mãe haviam escapado, mas outros moradores da região não tiveram a mesma sorte. Sabia que não tinha como ajudar – apenas rezar. Em desespero, ficou segurando a mão de Adriano, tentando passar para ele um pouco mais de força e dar um pouco de sua própria vida.

Quando o menino Ariel parou de respirar, Benjamin e Nina já estavam com pele e olhos amarelados e, mesmo inconscientes, continuavam a vomitar uma substância negra e malcheirosa. Poucas horas mais tarde, em completo desespero, Maria assistia quase ao mesmo tempo os últimos suspiros de Adriano, Benjamin e Nina. Naquelas tensas horas, nem as crianças conseguiam chorar – a dor tinha secado as lágrimas. Elas percebiam que algo muito grave estava acontecendo, mas não sabiam a verdadeira extensão da tragédia. Em total agonia, Maria foi obrigada a deixar a própria dor de lado e se dedicar a elas, em especial a Alice.

– Meus pais dormiram e me deixaram só – ela choramingou após um longo silêncio, e Maria sentiu com força a aflição da menina. Estava ainda completamente entorpecida, mas não demoraria a acordar, e então o pesadelo voltaria com muito mais violência.

"Precisamos sair daqui o mais rápido possível", pensou Maria, enquanto, após aquela noite terrível, ainda de madrugada com a ajuda do filho Isaías, de apenas 6 anos, cavava quatro covas atrás do pequeno depósito, onde se amontoavam as tristes pelas de borracha. Seus braços estavam habituados ao trabalho intenso, mas retirar aquelas pás de terra não exigia apenas força física, mas também, antes de tudo, uma imensa estamina interior. Só conseguiu porque não havia nenhuma alternativa. Aquela desgraça toda era difícil de assimilar e aceitar. De uma só vez, havia perdido as pessoas que mais amava neste mundo. Pior ainda, tinha perdido Adriano, o homem que tinha tomado conta dela quando menina, com a dedicação e o carinho de irmão, e agora era o pai dos seus filhos. Nunca mais iria ouvir o riso daquele homem sempre alegre, gentil e carinhoso, que para ela era ao mesmo tempo amigo, protetor e amante.

Indiferente aos acontecimentos dramáticos daquele dia, o pôr do sol no rio Abunã tinha sido especialmente espetacular. Os raios de sol davam um colorido todo especial à floresta imponente que cercava a sede do seringal. Estava chegando a hora dos mosquitos e era tempo de se proteger embaixo dos mosquiteiros. Os únicos bens que restavam na casa-grande eram as pelas de borracha, os mosquiteiros, meia dúzia de galinhas e o jegue. Maria tinha medo de sair do seringal e deixar as pelas sem proteção. Sem carroça, o jegue poderia carregar duas, no máximo três pelas, enquanto ela caminharia com as crianças. Por um lado, não queria se separar do látex, efetivamente seu único bem; por outro, sabia que não poderia ficar naquele lugar por muito mais tempo. A solução mais viável seria ir com as crianças levando as pelas que conseguisse carregar até Fortaleza do Abunã e depois retornar com ajuda para pegar as restantes, que teriam que ser escondidas em algum lugar. No dia seguinte, procurou dois esconderijos em direções opostas para não correr o risco de perder todas as pelas, caso alguém as achasse na sua ausência. Com a ajuda do jerico, de duas em duas, começou a escondê-las. As crianças a acompanhavam em silêncio. Isaías até tentou ajudar, mas logo foi vencido pelos 50 quilos de cada uma. Nem rolá-las o garoto conseguia.

Na volta da primeira baldeação, Maria pôde ouvir de longe o latido de Tata, a cadela vira-lata que dona Nina tinha criado. Passou a procurar o que provocava aquela reação e se deparou com uma carroça parada em frente à casa-grande. No instante seguinte viu dois homens cruzarem de volta a porta que tinha deixado encostada. A construção há muito tempo não tinha janelas e de nada adiantaria fechar a porta. Assustada, ficou na dúvida se a presença dos dois estranhos estaria mais para sorte grande ou para desgraça completa. O fato de terem adentrado uma casa habitada não a agradava, mas não tinha alternativa – tentou esconder o nervosismo e os cumprimentou.

– Boa tarde, dona! Estamos visitando os seringais para comprar peles de animais, borracha, bálsamo de copaíba e qualquer outra coisa de valor. Vimos que vocês têm pelas prontas para venda. Onde está o dono da casa? – o homem mais velho perguntou, e Maria pôde ver que ele não tinha quase nenhum dente.

Ficou claro que tinham vasculhado as dependências e localizado algumas pelas, mas parecia que não tinham reparado nas sepulturas atrás do barracão.

– Deve estar chegando – respondeu ela, cada vez mais alarmada. Estranhava que a carroça estivesse quase vazia. Os poucos comerciantes que por ali passavam já chegavam cheios de mercadorias compradas, além de café, sal e açúcar, que serviam de moeda de troca. – Acredito que seu Benjamin já tenha cliente para estas pelas – disse, com uma vaga esperança que os homens partissem logo.

Maria tinha pouco mais de 20 anos e mesmo depois dos dois filhos mantinha-se esbelta e vistosa. Nina se acostumara a chamá-la de professora Maria Bonita, em alusão à companheira do cangaceiro Lampião e à inteligência inata que insistia em destacar na moça.

– Vamos esperar por ele – sentenciou o mais jovem, frustrando todas as esperanças de Maria. – Vai oferecer alguma coisa para o jantar?

Tinha sobrado só um pouco de macaxeira – nos últimos dias ninguém tinha pescado e as reservas estavam acabando.

– Seu Benjamin e Adriano vão trazer alguma coisa mais – retrucou ela. – Agora só temos macaxeira.

– Está ficando escuro. Vamos pernoitar aqui – foi a resposta. – Não vai oferecer pelo menos uma das galinhas?

– As galinhas são do seu Benjamin, e não posso tocá-las – Maria retrucou. – Nós também vamos comer só macaxeira.

– Esse teu patrão parece que não tem pressa de voltar. Vamos abrir nossas redes no terraço – anunciou o homem mais jovem, e Maria reparou com horror o olhar que ele lhe dirigiu.

Conhecia aquele olhar. Sentiu-se cinicamente avaliada, como se estivesse à venda. Era o mesmo olhar do padrasto dela um pouco antes de Adriano aparecer em sua vida. Estremeceu por dentro, mas tentou disfarçar. Levou as crianças para dentro da casa e, ignorando a situação das janelas, trancou a porta, na vaga esperança de que ela garantisse alguma segurança. Sabia que a madeira estava podre, um mísero chute a arrebentaria.

Mal podia acreditar: enfrentava o dia mais terrível de sua vida e agora ainda tinha mais essa. Se deu conta de que as duas espingardas de Adriano ficaram na outra casa. Tudo tinha acontecido tão rápido – ela tinha se mudado para a casa-grande e sequer se lembrara das armas. O facão maior estava com ela, mas era muito pouco para poder enfrentar aqueles homens.

Na escuridão da noite, ficou rezando deitada junto às três crianças, escutando os latidos frenéticos da cadela. A cabeça estava a mil – talvez com a escuridão pudessem fugir. Lá fora os intrusos pareciam estar bebendo, as vozes cada vez mais altas. Então, um tiro rasgou a noite, ouviu-se o uivo prolongado de Tata e os homens desabaram a rir. Pouco depois alguém testou a porta e, quando viu que estava trancada, jogou todo o peso contra ela.

– Dona, abra a porta!

– Tenha pena das crianças! – o outro completou.

– Deixem-nos em paz! As crianças estão dormindo! – Maria suplicou.

– Por nós, podem continuar dormindo – Maria reconheceu a voz do mais velho. No instante seguinte a porta não aguentou a pressão dos dois homens, que quase caíram dentro da casa. Com eles veio um forte bafo de cachaça e um pouco de luar.

Facão na mão, Maria tinha se posicionado na frente das crianças, que agora começavam a choramingar. Isaías quis sair na frente dela, mas ela o puxou com tamanha força e determinação, que ele obedeceu.

– Não nos façam mal! – o menino exclamou. – Deus vai castigar vocês.

– Queremos ter uma conversa contigo, dona. Se te comportares e os pequenos ficarem quietos, nada de mal vai acontecer – foi a resposta do homem mais jovem, que parecia mais sóbrio, enquanto o velho mal se aguentava em pé.

Maria sabia muito bem que conversa queriam. Se tivesse agora uma arma de verdade ainda teria uma chance. Lamentou amargamente mais uma vez. Mesmo assim, seria muito arriscado. Precisava proteger as crianças a todo custo. Ela devia isso a Adriano, Benjamin e Nina.

Sentiu uma estranha calma tomar conta da sua mente, enquanto o corpo parecia estar adormecido. Deixou o facão cair e ordenou:

– Vocês fiquem aqui! Isaías, tome conta das meninas e não deixe ninguém sair. Eu volto já.

Dirigiu-se à porta e afastou os dois homens do seu caminho.

– Aqui não! – ela disse. Saiu da casa e se dirigiu ao depósito onde ficavam as pelas. Os homens a seguiram em silêncio.

Primeiro veio o mais jovem, que arrancou suas roupas e a estirou no chão, enquanto o mais velho segurava a porta aberta para que entrasse alguma luz e pudesse assistir ao espetáculo. Entorpecida, Maria só percebeu um cheiro forte de suor e álcool e uma mão grossa e trêmula apalpar seu corpo. Não resistiu nem um pouco, tinha pressa em terminar aquilo e, ignorando a dor, nem sentiu o homem penetrá-la. Ele ainda tentou beijá-la, mas ela virou a face – não, isso não, era nojento demais. Para a sorte de Maria, o homem estava ansioso e não demorou. Ela ainda sentiu uma perversa sensação de triunfo.

"Que homem de merda!"

Depois veio o mais velho, babando de vontade. Querendo sugar seus seios, ainda a machucou com os poucos dentes que tinha, mas ela ignorou a dor física. Tentava relevar o cheiro ruim e a repulsa. Bêbado, ele nem a possuiu de verdade e rapidamente se satisfez. O pesadelo todo demorou poucos minutos, mas na cabeça de Maria pareceu uma tortura sem fim, um sofrimento lento, profundo, um misto de nojo e ódio.

– Amanhã, antes de partirmos, tem mais – avisou o mais jovem, enquanto ajudava seu companheiro a se levantar e saía do barracão.

Aquelas palavras para Maria chegavam como uma sentença. Ela nem vestiu direito suas roupas e correu para o córrego, que passava a poucos metros dali, e se lavou da baba e do sêmen de seus carrascos. Estava moída e enojada – não se lembrava de nada tão repulsivo.

"Não, amanhã não vai ter mais! Nem amanhã, nem nunca!"

Depois de se certificar de que os dois homens estavam roncando em suas redes, entrou na casa sem fazer qualquer barulho e viu Isaías e as meninas espremidos em um canto.

– Silêncio – sussurrou. – Vamos aproveitar e fugir enquanto eles dormem. Não podemos fazer barulho. Isaías, você sai primeiro com Alice e logo em seguida eu vou com Lídia. Vamos nos encontrar atrás da sumaúma grande.

Era impressionante: Alice com 5 e Lídia com 4 obedeciam sem chorar. Maria ainda trocou a roupa impregnada com o cheiro de suor e tabaco por roupas limpas de Nina e imediatamente se sentiu um pouco melhor, como se finalmente tivesse se banhado.

Por um instante passou-lhe pela cabeça a ideia de aplicar um golpe certeiro com o facão no pescoço do mais jovem, que roncava despreocupado em sua rede. O velho ainda estava bêbado e ela conseguiria dominá-lo sem maior dificuldade. Assim salvaria as pelas, que eram a única coisa que possuía. Depois pensou de novo nas crianças e desistiu. Era perigoso demais! Enquanto caminhava na escuridão pelo caminho que conhecia tão bem, carregando a pequena Lídia, Maria viu um vulto – era o jegue de Benjamin, que devia ter fugido para longe da casa-grande assustado com o tiro. Então sentiu alguma coisa roçar nas suas pernas – era o rabo da Tata!

– Que bom! Você também escapou! Não vá latir agora. – Tata e o jegue a acompanharam em silêncio, como se tivessem entendido o recado.

A primeira coisa a fazer era limpar e aprontar as duas espingardas. Felizmente, tinham munição suficiente. Ainda na escuridão da noite, levou o jegue e o amarrou no meio da floresta, longe de qualquer trilha. Se o plano desse certo, ele seria importante, carregando as pelas até Fortaleza do Abunã; não poderia perdê-lo agora. Levou as duas meninas até outro esconderijo e pediu que ficassem em silêncio. Voltou à casa e entregou uma das espingardas a Isaías com a seguinte recomendação: logo depois de ouvir um tiro, deveria dizer um padre-nosso, apontar a arma para o céu e apertar o gatilho. Depois, tinha de dizer outro padre-nosso, carregar a arma e dar outro tiro. E então tinha de correr para o esconderijo das meninas e esperar por ela.

– E se alguma coisa acontecer e você demorar? – perguntou, e Maria sentiu que o menino estava apavorado.

Era pedir muita coisa para alguém de apenas 6 anos, mesmo sendo habitante da floresta. Por sorte, Adriano já o tinha iniciado na arte de caçar e manusear a espingarda.

– Nada vai acontecer. Eu volto logo! – garantiu. E Isaías sentiu que a mãe estava absolutamente segura. Não perguntou mais nada.

Com a outra espingarda na mão, ela voltou para perto da casa-grande e procurou a carroça dos intrusos. Estava escuro e tudo indicava que os homens ainda estavam dormindo. A carroça estava parada ao lado da casa, mas o jegue estava amarrado um pouco mais adiante, perto de um olho-d'água.

Esperou com calma a primeira luz do dia; então, se aproximou do animal, que rosnou inquieto – ela deu um carinho na cabeça dele, em seguida levantou a arma e atirou exatamente no mesmo lugar que tinha acariciado. O jegue desabou e ela correu com toda a velocidade e se escondeu atrás das árvores num lugar protegido, mas que possibilitava boa visibilidade. Não demorou e viu o homem mais jovem vir apressado com a arma na mão. Naquele momento, à distância, ecoou outro tiro, e o homem alarmado parou e depois apressou ainda mais o passo na direção da carroça. Maria só pensava nas lições de Adriano. Mirou cuidadosamente, como tinha aprendido com ele e, com a mão firme, apertou o gatilho. Ouviu seu estrondo, sentiu o coice da arma no ombro e ao mesmo tempo assistiu ao homem desabar – ela sabia que tinha acertado, mas não podia ter certeza de que não estava apenas ferido. Ficou imóvel esperando alguma reação. Então viu o velho correr para a carroça e se preparou para atirar de novo. Outro disparo soou lá de longe – era Isaías executando sua orientação. Em pânico, o velho parou perto do local onde o comparsa dele tinha recebido a bala, e Maria o viu se esconder atrás de uma árvore para se proteger do inimigo invisível. Algumas vezes ele gritou o nome do companheiro, mas não obteve resposta. Então ele enxergou alguma coisa, que o deixou ainda mais apavorado. Maria não sabia o que era – provavelmente tinha visto os corpos do jegue e do comparsa. Desesperado, saiu da proteção e correu em direção à trilha, que alguns quilômetros adiante o levaria para fora do seringal. A distância ainda era suficiente; com calma, Maria levantou a arma, pensou de novo em Adriano e suas lições e atirou. Esse tiro, como ela queria, passou de raspão – era mais para assustar. Por precaução, permaneceu escondida mais algum tempo, mas, não percebendo nenhum movimento, logo se afastou com passos largos e foi ao encontro das crianças, desviando do corpo do homem que acabara de matar.

O caminho para Fortaleza do Abunã agora estava aberto. Poderia usar a carroça dos intrusos com o jegue do Benjamin. Nela cabiam pelo menos sete pelas, além de Lídia e Alice. Ela, Isaías e Tata podiam andar – o vilarejo não ficava tão longe assim. Em dois, no máximo três dias, se tudo corresse bem, chegariam. Tudo o que Maria precisava depois de esconder, sem deixar rastros visíveis, as nove pesadas bolas de látex, que não poderiam ser levadas nesta primeira viagem, era um pouco de descanso, uma canja de galinha e uma noite de sono.

Estava física e espiritualmente exaurida – nos dois dias mais infelizes de sua vida havia enterrado o homem que amava e três pessoas queridas, tinha sido estuprada e ainda matado um homem. Como se não bastasse, havia passado o dia carregando as pelas, enquanto Isaías caçava e amarrava as poucas galinhas que ainda restavam. Exausta, matou e depenou uma das aves e garantiu a canja de que ela e as três crianças precisavam. Depois da refeição, em silêncio, deitaram todos embaixo do único mosqueteiro para dormir uma última noite naquela casa, que havia sido lar para o casal durante seis anos. Cansadas, as crianças logo caíram no sono e, abraçada com elas, Maria, sem conseguir derramar uma só lágrima, permaneceu acordada, recordando os tempos felizes que agora eram um passado distante.

De madrugada, antes de partir, ainda como em um pesadelo que não terminava nunca, levou as crianças para se despedirem dos entes queridos.

– Adeus, Quatro Ases! Adeus, Nina, Benjamin e anjo Ariel! Adeus, Adriano, meu amor!

O garimpo

A chuva finalmente parou e a visibilidade ficou bem melhor. Mesmo assim, as nuvens pesadas continuavam ameaçadoras e prenunciavam uma grande tempestade. Era apenas questão de tempo para mais água desabar do céu.

– Vamos aproveitar e acelerar um pouco. Assim podemos chegar a tempo para trabalhar e ainda voltar no fim da tarde.

Da cidade de Porto Velho ao garimpo eram poucos quilômetros, mas com a chuva a estrada ficava muito ruim.

– A oficina flutuante que vamos visitar fica só um pouco acima da cachoeira de Teotônio. Agora a visibilidade melhorou e você pode se preparar para ver algo que nem consegue imaginar. São centenas de balsas e dragas, que disputam cada centímetro do rio Madeira.

– Não é perigoso chegar num lugar desses sem uma arma sequer? Ainda mais carregado de motores de popa, a ferramenta de trabalho mais usada e desejada por aqui?

Os dois homens se espremiam dentro de uma camioneta carregada de caixas de vários tamanhos, tanto no bagageiro quanto dentro da cabine. A estrada completamente deserta era lamacenta e cheia de buracos cobertos pela água das chuvas recentes. Algumas poças estavam tão profundas que era necessário seguir as pegadas ainda visíveis de outros veículos que tinham conseguido passar e rezar para que tudo desse certo.

– O perigo maior, meu caro Gabriel, não é na entrada, mas na saída do garimpo. Nessa hora todos carregam algum ouro, moeda corrente por aqui. De vez em quando, alguém é pego de emboscada quando leva o resultado do trabalho de alguns dias para vender em Porto Velho. O pessoal das balsas tem uma boa ideia da produção de cada um. Sempre tem gente que, contra um pequeno agrado, oferece preciosas informações aos bandidos que rondam este lugar.

– E nós não corremos risco? Na saída vamos estar tão desarmados quanto agora.

Em bom português, mas com sotaque leve e difícil de identificar, Oleg respondeu:

– É por essa razão que não aceitamos dinheiro nem cheque, muito menos ouro. Todos sabem disso. Os pedidos são pagos antecipadamente à Berimex, via transferência bancária. Já vendi e entreguei para lá de mil motores e nunca tive problemas, mas não tenho dúvida de que corremos algum risco. Como você ainda verá, por aqui o motor predileto é o da nossa marca, com quarenta cavalos de potência. Esse é o motor que todos usam em suas chatas para locomoção rápida. Um motor menor não consegue vencer a correnteza forte do rio Madeira.

– Ainda não entendi por que estamos tão fortes neste mercado. Nossos motores são excelentes, é verdade, mas os concorrentes oferecem produtos similares. Como se explica termos uma fatia tão grande deste negócio?

– Na verdade, nossa maior vantagem é que oferecemos pronta-entrega para uma grande variedade de peças de reposição. Esse é nosso trabalho: garantir suprimento contínuo de peças. É o segredo do negócio, ganhamos muito mais com a venda de peças do que com os motores. Todos os dias, um monte de motores apresenta algum tipo de pane e deixa as pessoas na mão. Sem as peças que fornecemos, a vida no garimpo seria muito mais difícil. Olha, estamos chegando. Já dá para enxergar o rio.

A camioneta parou numa barreira improvisada, onde homens armados pediram informações sobre a natureza e o destino da carga, mas não pediram um documento sequer. À distância, Oleg e Gabriel enxergaram um imenso amontoado de estruturas flutuantes de todos os tamanhos, algumas de dois andares e outras bem menores; algumas novas e bem-cuidadas, outras caindo aos pedaços. Eram tantas que num primeiro momento quase não se via a água barrenta do rio Madeira.

– Estamos procurando o senhor Vicente Amorim, dono da oficina – esclareceu Oleg, apontando para um flutuante grande, que ficava encostado no barranco, bem próximo da barreira.

Todo mundo no garimpo conhecia Amorim, que tinha se estabelecido naquelas bandas muito antes de qualquer outro e cujo flutuante estava encostado estrategicamente em terra firme, bem de frente para a entrada. Para quem chegasse, era impossível não ver a balsa grande, que ostentava logomarcas improvisadas dos mais variados fabricantes de motores de popa e de peças para motores a diesel.

Oleg estacionou a camioneta na sombra de uma árvore grande e buzinou. Logo apareceram dois homens, que imediatamente subiram o barranco e iniciaram o desembarque da carga. A visita se repetia todas as semanas, portanto cada um sabia o que fazer.

– Dois motores e todas as peças são de vocês, mas os quatro motores restantes são de outros compradores, que vão retirá-los ainda hoje. Onde está Amorim?

– Já há uma semana está com Marlene e não está pegando no pesado – os homens informaram, enquanto Gabriel e Oleg entravam na oficina flutuante.

Ali se amontoavam mais de vinte motores. Alguns parcialmente desmontados, outros eram apenas carcaça. Deitado em uma rede na beira da água, encontrava-se um homem de seus 60 anos ou mais, que se levantou com alguma dificuldade e veio ao encontro dos visitantes. Como quase todo mundo no garimpo, estava vestido apenas de calção, e isso realçava ainda mais o corpo magro e a estatura pequena. De longe poderia ser confundido com um adolescente de no máximo 15 anos. Na mão carregava um livro e, surpreso, Gabriel reconheceu o título – *Cem anos de solidão* – de seu conhecido xará, o escritor colombiano García Márquez.

– Este é o famoso doutor Vicente Amorim, proprietário da maior e melhor oficina de consertos de motores, dono da única biblioteca nestas bandas, que ele gentilmente põe à disposição de todos no garimpo. É muito respeitado e considerado uma autoridade, além de ser o mais assíduo leitor e o melhor contador de piadas que conheço.

– Seu Amorim, este meu amigo se chama Gabriel, veio de Manaus para me ajudar na venda de peças e motores de popa. A partir de agora, devo ficar mais na revenda de carros e caminhões em Porto Velho. Gabriel tem fama de excelente mecânico e fez treinamento na oficina da Berimex. Caso tenha algum motor difícil de recuperar, ele pode ajudar melhor que eu.

A novidade agradou Amorim. Não faltavam motores com problemas, e os mecânicos que o ajudavam não passavam de curiosos autodidatas. Ainda quis saber se o pedido tinha sido atendido na totalidade e, satisfeito com a resposta afirmativa, convidou os jovens a se sentarem.

– Ainda trouxe os dois motores que o Alemão comprou na semana passada, um outro para o Ceará e ainda outro para Ivanildo Nóvoa. Hoje à tarde eles retiram.

– Ótimo! Já tenho um novo pedido de peças. Também vendi mais um motor de 40HP para um gaúcho que acabou de chegar.

Naquele tempo, gente de todos os cantos do Brasil e também do exterior procurava o garimpo do rio Madeira, em busca de fortuna fácil e rápida, naquele novo El Dorado. Vinha muita gente pobre, sem recursos, mas também vieram alguns aventureiros com posses, bastante dinheiro. Em meio a essa leva formidável, chegaram pessoas com educação e instrução: não era difícil encontrar geólogos, engenheiros, médicos e até um psiquiatra, que não conseguiu resistir ao apelo do vil metal. Em meio a brasileiros de todos os estados, uma grande variedade de estrangeiros: bolivianos, chilenos, peruanos e até americanos e coreanos completavam o colorido da enorme aglomeração de caçadores de fortunas. No pico do garimpo, nos anos 1980, ao longo do rio Madeira, havia umas mil balsas e dragas com fome insaciável de cascalho.

– Queria deixar com a senhora Marlene a marmita com nosso almoço – disse Gabriel orgulhoso, pois ainda se lembrava do nome da companheira de Amorim.

– Marlene? – Os homens trocaram olhares incrédulos e riram.

– Marlene é como chamamos por aqui a malária. Dá para ver que você é novo no garimpo, um brabo autêntico! Quem não conhece nosso palavreado sempre se confunde. Contam a história daquele garimpeiro que telefonou para a esposa para comunicar que estava com a Marlene e recebeu a resposta que ela também tinha se amancebado com o vizinho – Amorim se divertia com a história.

– Meu pessoal vai primeiro conferir as peças, algo que leva tempo. Enquanto isso, meu timoneiro, Moicano, pode levar vocês na voadeira para conhecer a fofoca – sugeriu Amorim ainda rindo.

Oleg, que já conhecia o palavreado do garimpo, traduziu para Gabriel:

– Voadeira significa canoa e fofoca é o acúmulo de balsas e dragas, o garimpo inteiro e tudo que se passa nele. E brabos são todos os recém-chegados, que não sabem nada da extração de ouro. Só nesta fofoca agora deve ter perto de quatrocentos flutuantes.

– Deixem a marmita para meus peões. Aproveitem e almocem no Restaurante da Lola, que está todo renovado. A cozinha é excelente e serve peixes deliciosos. Além disso, dona Sandra quer falar contigo, Russo.

Foi só então que Gabriel ficou sabendo que, no garimpo, Oleg era simplesmente o Russo.

– Como assim? Já almocei no restaurante várias vezes, já a vi, mas não a conheço pessoalmente.

– Eu falei de você e ela quer te conhecer. Pode ir agora que ela está no flutuante – Amorim insistiu.

Gabriel logo percebeu que Oleg e Amorim confiavam muito um no outro. O fato de seu chefe não acompanhar a conferência do pedido de peças era a maior prova desse respeito mútuo.

Guiados pelo Moicano na voadeira bico chata, num zigue-zague interminável entre as balsas, os dois jovens foram conhecer um pouco do garimpo. Logo se deram conta de que todos os homens que viviam naquele mundo tão diferente e solitário tinham a necessidade urgente e compulsiva de contar histórias, cuja autenticidade era impossível de comprovar. O apelido "fofoca" era, sem dúvida, mais que merecido. Entre as seguidas paradas rápidas nos flutuantes mais variados, Oleg aproveitou para explicar:

– Estamos na época de entressafra. Ainda chove muito, o nível das águas é muito alto e a correnteza, muito forte. Troncos enormes, verdadeiros icebergs arrastados pela fúria da água vêm com velocidade incrível, causando grandes estragos se não forem detectados a tempo. Muitas balsas, grandes e pequenas, foram destruídas, e muita gente morreu engolida pela água. Só as dragas de lança, que são bem grandes, arriscam-se na época da maior cheia do rio, mas mesmo para elas não é nada fácil. Quase todo mundo para, aproveita para viajar, visitar a família ou dar manutenção nos equipamentos. Em menos de um mês, com o fim das chuvas e a lenta descida das águas, a fofoca vai voltar à normalidade, vai ferver de atividades das mais diversas e tudo vai funcionar 24 horas por dia. Só meia dúzia de flutuantes vai continuar nesta base: Amorim, as balsas que vendem suprimentos e os flutuantes de Sandra. Todo o resto vai se espalhar pelo leito do rio, disputando os espaços ainda disponíveis.

– Vejo equipamentos diferentes lado a lado, alguns com uma torre enorme. Parece que existem vários modos de prospecção – observou Gabriel.

– Sim! Vamos encontrar tanto balsas quanto dragas. Mais tarde explico a diferença. Primeiro vamos parar na draga do Alemão, que deve receber os motores hoje à tarde. É cliente de longa data da Berimex, conhece Licco e meu primo Daniel Hazan, mas ainda assim não consegue crédito com a gente. No mundo do garimpo não existe crédito. É arriscado demais. Ainda mais com a inflação desenfreada que assola o país nos últimos anos. O crédito sumiu do mapa do Brasil!

Moicano encostou a voadeira numa draga de dois andares, grande e bem cuidada, que mais parecia uma enorme casa flutuante. Foram recebidos por um peão, que de cara parecia desconfiado, mas em seguida, reconhecendo Moicano, relaxou e iniciou mais um papo interminável, típico dos garimpos, que sempre terminava no tema predileto – como em algum lugar do rio, a fofoca bamburrava, o ouro era encontrado em abundância e todo mundo se enchia de dinheiro.

– Aqui, perto da cachoeira de Teotônio no Alto Madeira, o ouro está acabando, já deu o que tinha que dar. Alemão não está, foi ao garimpo do Palmeiral, onde estamos montando outra draga maior e ainda mais moderna. Lá estão tirando muito ouro agora, está bamburrando mesmo. Os motores novos que vocês trouxeram devem ir para lá.

Oleg pediu licença para mostrar a draga para Gabriel, e o peão pareceu resistir, mas acabou autorizando, relutante.

– Alemão não gosta de receber gente estranha na draga, mas como estamos parados e vocês são fornecedores, vou permitir. Esta é uma draga escariante das melhores. Não usamos mergulhadores e, como podem ver, os comandos são hidráulicos. Temos uma bomba de sucção potente, de 10 polegadas, acoplada a um motor de caminhão, além de uma lança de ferro que revira o leito do rio e um cano que conduz o cascalho sugado das profundezas para aquela caixa grande. Alcançamos até 30 metros de profundidade, onde cavamos um buraco de 10 ou mais metros cúbicos. Já a nova draga vai ser de lança, que desce a 50 metros de profundidade, com motor ainda mais potente e bomba de 12 polegadas. Vamos arrebentar! – o garimpeiro parecia bem orgulhoso.

– Os alojamentos são de primeira! – Gabriel constatou com certa surpresa. No segundo andar eram quatro cômodos, além da cozinha e do banheiro comum.

– O quarto grande é do Alemão. Quando ele está aqui, somos quatro mansos, além da cozinheira – explicou o peão.

– Os peões e a cozinheira, que também lava roupa e mantém a limpeza, ganham 5% da produção cada um; o gerente ganha o dobro e o restante é do proprietário, que arca com toda a manutenção e as outras despesas.

Gabriel também aprendeu que, ao contrário dos brabos, os mansos são aqueles que têm experiência e conhecem todo o ciclo de produção e as máquinas.

– Uma boa equipe é primordial – explicou Oleg. – Está começando a chover de novo. Vamos almoçar no Restaurante da Lola e você vai conhecer o famoso flutuante das meninas e a proprietária, dona Sandra.

O restaurante, que ficava bem próximo, era uma construção de madeira limpa, espaçosa e conservada. Ao lado dele, chamava a atenção outra construção de dois andares de madeira, que mais parecia um hotel flutuante.

– Já vai conhecer algumas das meninas. Onde de dia funciona o restaurante, de noite vira *esfrega-bucho* dos mais animados. Ao lado fica o hotel, motel ou bordel, como você preferir. É melhor ficar longe, mesmo a tal Sandra submetendo as meninas a exames periódicos, por aqui tem muita doença.

Moicano atracou a voadeira e logo apareceu um homem armado, alto e musculoso, que cuidadosamente examinou os três passageiros. Ao reconhecer Oleg, abriu um largo sorriso e gritou:

– Olhe só quem chegou! Russo está de volta! Deixem as armas aqui comigo e podem entrar.

– Meu amigo, já deveria saber que não carregamos armas.

O leão de chácara permitiu a entrada, mas não sem antes balançar a cabeça desaprovando nitidamente aquele tipo de imprudência.

Então apareceu uma estranha figura. Uma mulher, já de idade e muito bem-vestida para o local, chamava atenção com seus cabelos ruivos cor de fogo, que contrastavam com os olhos azuis, grandes. Estava sentada em uma cadeira de rodas empurrada por uma loira de porte atlético.

– Você deve ser Oleg Hazan, o Russo! Que prazer conhecê-lo. Veio almoçar no meu modesto restaurante?

– O prazer é todo meu! Vim e trouxe meu amigo e companheiro de trabalho, Gabriel. Senhor Amorim me informou que a senhora quer falar comigo.

– Quero, sim. Impressionante como você se parece com seu tio, seu Licco. Tem a mesma cara, o mesmo sotaque e a mesma entonação de voz. Entrem, vocês são meus convidados. Hoje o prato é um delicioso jaraqui na brasa.

Para uma cafetina do interior da Amazônia, num dos lugares mais perigosos e violentos do mundo, dona Sandra era uma mulher bem-educada e de fala mansa. Era a proprietária e comandava com competência e mão de ferro o restaurante, a boate, o puteiro e o hotel. Não permitia desobediência da parte de suas protegidas, como chamava as prostitutas, nem dos clientes, que só podiam entrar desarmados e vestidos de forma adequada. Era uma mulher de negócios, que levava tudo o que fazia muito a sério – especialmente a qualidade dos serviços que prestava. Enquanto saboreava o farto e delicioso almoço, Oleg não parava de se perguntar de onde ela conhecia seu tio Licco. A resposta veio logo:

– Nos meus tempos de Manaus, trinta anos atrás, conheci seus tios. Jogávamos tênis duas vezes por semana e frequentávamos os mesmos banhos. Seu Licco e dona Berta foram algumas das pessoas mais decentes que conheci em minha vida. Meu marido trabalhou algum tempo na refinaria, quando eram pessoas da confiança do senhor Isaac Sabba. Depois tudo desandou, meu marido morreu ainda jovem e aqui estou eu, velha e aleijada. Soube que dona Berta faleceu há pouco. E Licco, como está?

– Tio Licco está bem de saúde, mas espiritualmente ainda não se recuperou por completo. Minha tia sempre foi o esteio, o porto seguro, e com ela do lado ele era forte e feliz. Agora está sem chão! – Oleg respondeu.

Por alguma razão que não conseguia identificar, Gabriel sentiu sua atenção atraída pela loira que empurrava a cadeira de rodas e ficou impressionado com o cuidado que tinha com a velha senhora. Ficava o tempo todo quieta, em pé atrás de Sandra, pronta para atender qualquer vontade dela.

– A conversa está muito boa, mas não foi por isso que o chamei. Amorim me contou que você está pensando em construir uma draga nova. Bem, tenho uma draga escariante seminova, em excelente estado, que me foi entregue em pagamento de dívidas. Está ancorada rio acima em um garimpo chamado Palmeiral. Lá tem muito mais negócio agora e é para lá que eu e minha filha Mariana planejamos nos mudar quando nossa filial, o novo restaurante e o novo hotel que estamos construindo naquelas bandas, ficarem prontos. Se quiser, a draga é toda sua, afinal, com o sobrinho do senhor Licco eu faria qualquer negócio.

"Está explicado", Gabriel pensou. A loira é filha dela. Além disso, não conseguia acreditar naquilo que estava ouvindo: seu chefe, primo de Daniel Hazan, presidente da Berimex, queria virar garimpeiro!

Seguiu um momento de silêncio, e então Oleg respondeu.
– Já vi que meu amigo Amorim abriu o bico, não preciso mais esconder. Realmente estou considerando essa possibilidade, mas o dinheiro que tenho não deve ser suficiente para comprar uma boa draga e ainda dispor de alguma sobra para iniciar a operação. De qualquer maneira preciso de uns dias para pensar. Já há algum tempo quero iniciar meu próprio negócio. Estou me programando para visitar a filial do Amorim na semana que vem e poderia dar uma olhada na balsa. Pode esperar alguns dias?
– A draga é sua. Vou pedir para a apoitarem ao lado da oficina do Amorim. Para você estou disposta a fazer um bom preço e ainda financiar. Posso esperar sem maiores problemas duas semanas, até o início da temporada. Uma pequena curiosidade, senhor Oleg, qual é sua nacionalidade? Seus tios eram húngaros, se não me engano, mas Amorim sempre chama você de Russo.

Oleg não pôde esconder o sorriso:
– É uma longa história. Meus tios são búlgaros, não húngaros. Minha mãe é russa, como meu primeiro nome, mas nasci e sempre morei na Bulgária e me considero búlgaro como eles. Virei refugiado do regime comunista e agora tenho cidadania israelense. Lá servi no Exército e fiz faculdade. Portanto sou um judeu búlgaro, cidadão de Israel, e que pensa em se naturalizar brasileiro. Simples, não é?
– Você é sem dúvida jovem, mas muito rodado.

Oleg riu de novo, levantou-se e se despediu:
– Obrigado pelo almoço, foi realmente excelente! Precisamos atender Amorim agora e ainda hoje voltamos

a Porto Velho, antes que caia mais chuva. Prefiro sair ainda com luz. Volto em duas semanas.

– Quando voltar, pode pernoitar no hotel, que também é a melhor casa noturna flutuante do rio Madeira. Diga a teu tio que encontrou Sandra Reis, esposa de Ricardo Reis, da refinaria de Manaus. Talvez ele se lembre. Caso fechemos esse negócio, vai receber de mim ainda como bônus uma metralhadora Uzi, israelense, que você com certeza conhece. Chamamos os garimpeiros que andam desarmados de patos, iscas fáceis para os bandidos que rondam este lugar. Perder um deus grego tão bonito, um verdadeiro galã da televisão como você, por pura imprudência, seria um enorme desperdício. Não se pode andar desarmado por aqui.

Naquele instante, Gabriel se deu conta de que a atenção dele estava concentrada na loira não por algum atributo natural dela, mas sim pela naturalidade com que a moça carregava uma dessas metralhadoras, apoiada na cadeira de rodas.

Moicano cortou caminho e a volta para a oficina flutuante do Amorim foi rápida. Oleg parecia tenso e pensativo, e Gabriel achou por bem não perguntar nada. Amorim confirmou o recebimento das peças e perguntou:

– Que tal a Sandra? Ela lhe contou da draga? Conheço bem o equipamento. Dependendo do preço, pode ser um bom negócio.

– Parece que dona Sandra Reis, proprietária do Bordel da Lola, conheceu meus tios trinta anos atrás. Como é que ela acabou no garimpo?

– Conheceu mesmo! É uma história e tanto! Ela era uma mulher muito linda e bem casada, que ficou viúva cedo e herdou muito dinheiro e joias do falecido. Solitária e carente, teve o azar de se apaixonar por um vigarista de categoria, que não só se aproveitou dela, como saqueou a maior parte de seu dinheiro. Quando a grana acabou, ele a espancou repetidas vezes, procurando as joias que Sandra tinha escondido e ele sabia existirem. Numa dessas surras, já morando em Porto Velho, ela perdeu os sentidos, caiu de mau jeito e se machucou de tal maneira que nunca mais voltou a andar. O desgraçado ainda espancou Mariana, que ainda era um bebê, e depois fugiu. Por algum tempo ninguém soube nada dele. Anos mais tarde, foi encontrado morto, brutalmente assassinado, em seu quarto de hotel em Cuiabá. As más línguas dizem que Sandra, que tinha sobrevivido milagrosamente e, àquela altura, já tinha a boate Casa da Lola, teria sido a mandante do crime, mas isso nunca se confirmou. Verdade ou não, eu gosto dela e a respeito muito! Jogamos paciência duas vezes por semana e somos bons amigos. Ela sofreu muito, ficou paraplégica e, mesmo sendo cafetina, dona de bordel, continua uma pessoa boa, correta e generosa. Aqui no garimpo é poderosa, mas fora daqui sofre todos os tipos de preconceito que a sociedade reserva para as pessoas como ela. A filha, aquela loira que empurra a cadeira de rodas, é a única parente que tem no mundo. As duas se adoram e se protegem. Mariana, por sinal, é um verdadeiro cão de guarda – Amorim completou. – Precisam ver a pontaria dela com uma arma! É espantoso! Meu filho, Renato, a corteja há anos, mas só recentemente começaram a se encontrar. Saem juntos de vez em quando e sempre contam que vão tomar sorvete. Não sei por que esse esconde-esconde, já são adultos. De qualquer maneira, ela nunca vai se separar da mãe.

Assim como Oleg tinha planejado, a camioneta partiu para Porto Velho ainda com luz. Agora livre de carga, levava só um motor de popa que não tinha conserto na oficina improvisada no flutuante. Na barreira ninguém perguntou nada, e os dois jovens seguiram viagem. Quando parecia que nada mais iria acontecer naquele dia, já na penumbra da noite, apareceu, do nada, logo atrás deles, outra camioneta com luz alta. Em seguida, esbarraram em uma segunda barreira.

Mal deu tempo de Oleg murmurar:

– É uma cilada. Fique muito calmo e não faça nenhum movimento brusco.

Os homens armados mandaram sair do carro de braços levantados, deixando claro que a camioneta que os tinha seguido fazia parte da emboscada. Por causa da luz, que cegava Oleg e Gabriel, só perceberam a silhueta de um sujeito gordo descer do veículo.

– As armas! – o gordo pediu com voz de comando.

– Não temos armas. Somos vendedores de motores, não garimpeiros. Não recebemos dinheiro ou ouro nem carregamos nada de valor. Somente um velho motor de popa, que pertence ao senhor Vicente Amorim.

Oleg logo percebeu que o nome do senhor Amorim surtiu algum efeito. Após revistarem a cabine sem achar armas nem ouro, um pouco menos ríspido, o gordo perguntou por dinheiro e permitiu que baixassem os braços.

– Pouca coisa. Dois lisos! – o gordo murmurou após contar o dinheiro, e então mandou tirar a maior parte do combustível da camioneta. – Pode deixar só um pouco para os patos poderem chegar na estrada.

Aliviados, sem dinheiro e com pouco diesel no tanque, mas com o motor de popa intacto no bagageiro, Oleg e Gabriel foram liberados para seguir viagem. Assim que fizeram a primeira curva sem receber nenhuma bala pelas costas, Gabriel exclamou:

– Meu Deus! Não sei se quero continuar neste trabalho. Escapamos fedendo! Falar o nome Amorim salvou nossas vidas.

– Sem dúvida Amorim nos ajudou. Tanto que nem tocaram no motor dele. Agora entendi por que dona Lola quer me dar uma metralhadora. Essa turma carrega armas pesadas, um verdadeiro arsenal de guerra.

Pouco depois apareceram as luzes da cidade e o primeiro posto de gasolina.

– Vamos abastecer – disse Oleg.

– Com que dinheiro?

Oleg sorriu, parou o carro, desceu e, apalpando embaixo da carroceria, retirou um pequeno pacote de plástico que continha alguns cruzeiros.

– Um homem prevenido vale por dois. Agora temos combustível para chegar em casa.

O garimpeiro

– Tio Licco, claro que estou muito bem na Berimex. Acredite! Não se trata de querer ganhar mais! Só que o garimpo é o melhor lugar para eu me afirmar sem a ajuda de ninguém e ainda ganhar um bom dinheiro. Estou considerando comprar esta draga, e você é o primeiro a saber. Ainda não falei com meu pai nem com Daniel ou Sara.

Era comum naquele tempo que a ligação telefônica não fosse tão boa, e Oleg tinha dificuldade de entender o que seu tio argumentava do outro lado da linha. Mesmo assim, estava claro o tamanho do desagrado, e só pela entonação da voz Oleg sabia que o tio estava furioso e desaprovava a ideia. A ligação caiu, e o rapaz respirou aliviado. Depois de David, seu pai, Licco era a pessoa mais importante em sua vida e tudo indicava que a conversa com ele seria mais difícil do que tinha imaginado. O telefone tocou de novo e agora, do outro lado, estava Daniel:

– Oleg, que história é essa de você virar garimpeiro? Papai está arrasado e agora já deve estar ligando para o tio David.

– Daniel, não me leve a mal. Estou muito bem na Berimex, além de muito grato a todos vocês. Só que preciso provar para mim mesmo que posso ter sucesso pelos meus próprios méritos. Essa necessidade é mais forte que eu!

Por um instante, os dois homens permaneceram em silêncio. Então Oleg disse:

– Vou precisar de dois motores de popa a preço especial.

– Se prometer não falar nada para o papai, muito a contragosto, dou os motores de presente. Tenho receio da questão de segurança, tenho ouvido cada história! Você sabe bem que o garimpo não é nenhum paraíso. Meu pai não vai se conformar com essa tua decisão, ainda mais porque ele se acha responsável, por ter sido quem te mandou ao garimpo pela primeira vez. Pode esperar muita pressão da parte dele e do tio David. Agora preciso desligar. Mais tarde, ainda hoje, a gente se fala – a voz do Daniel soou cansada.

Oleg tentou por um momento se concentrar no trabalho, mas o telefone voltou a tocar e desta vez era Sara, irmã de Daniel.

– Primo, acabei de saber da sua decisão de sair da Berimex e quero que você saiba que o apoio totalmente. Agora, essa história de virar garimpeiro me deixa de cabelo em pé. Pega mais leve, vai! Tem muitas outras coisas que poderia fazer!

"Sara é uma mulher extraordinária, assim como tinha sido tia Berta, a mãe dela", Oleg pensou. "Licco e Daniel também me querem bem, mas está claro que, sem exceção, todos desaprovam minha ida para o garimpo."

– Prima, prometo me comportar bem e tomar muito cuidado. Vou procurar umas pepitas bem grandes para lhe dar de presente – foi a única coisa que lhe veio à mente.

Sara riu e ponderou:

– Você não é nenhum menino, e espero que saiba bem o que está fazendo. Já está na idade de casar e ter filhos, e o garimpo não é bem o lugar onde deve procurar uma companheira. Pense nisso. E para sua informação, o ouro do rio Madeira é todo em forma de pó, portanto guarde as pepitas para sua futura companheira.

A voz soava normal e até alegre, mas Oleg pôde sentir uma grande preocupação.

Mal terminou a conversa com Sara e o telefone tocou novamente. Dessa vez era David, ligando de Israel. Oleg sentiu um forte aperto na garganta, mas com calma e paciência repetiu a história que já tinha contado várias vezes naquela manhã. Foi surpreendido pela reação do pai:

– Oli, meu filho, confio em você e só lhe peço que preserve sempre, em tudo o que fizer, a sobriedade e o bom senso. Passamos por muitas coisas juntos e lamento muito por não poder acompanhá-lo dessa vez. Estou ficando velho para esse tipo de aventura e só sei que agora preciso de netos. Você é o único que pode solucionar o impasse. Licco já tem um monte deles! Aliás, ele está muito preocupado contigo e agora deve estar a caminho do aeroporto de Manaus para ir te visitar. Ele conhece o ofício e a região melhor que ninguém, e você tem a obrigação de ouvi-lo. Mesmo assim, quem decide é você, e vou apoiar sua decisão, qualquer que seja. Licco sempre se sentiu responsável por nós e às vezes esquece que já sou um sexagenário e que você tem a mesma idade de Sara. Se você for firme, ele vai acabar engolindo o sapo. Cá entre nós, mesmo sem poder participar ativamente, também pretendo um dia conhecer o garimpo do rio Madeira. Aguarde!

Oleg se sentiu reconfortado, afinal tinha sido mais fácil com David. Era sempre muito gostoso sentir o afeto do pai, para quem ele nunca deixaria de ser o pequeno Oli. Toda vez que o chamava assim tratava-se de algo importante. David estava preocupado, mas ao mesmo tempo havia demonstrado apoio.

Ainda restava vencer a resistência do tio. Completou algumas ligações com oficinas que produziam equipamentos e flutuadores para dragas e, após algumas horas, fez o cálculo aproximado: precisava de dez quilos de ouro para construir uma boa balsa escariante. Era muito dinheiro; tinha apenas a metade. Além disso, precisaria de mais algum capital, pelo menos mais um quilo, para colocar a draga na água com tudo funcionando e iniciar a operação. Difícil, mas nada que pudesse atrapalhar os planos de um jovem determinado, já mordido pelos mosquitos da aventura e do vil metal amarelo.

– Vou ficar aqui até que você recupere o juízo. De imediato, preciso achar um hotel e tomar um bom banho. Depois a gente janta e coloca tudo em pratos limpos.

– Já reservei um quarto para você no hotel Vila Rica por uma semana – Oleg retrucou prontamente.

– Você já sabia que eu iria chegar? – Licco perguntou incrédulo. Assim como David, o sobrinho o deixava estranhamente calmo e sem argumentos. – Posso saber por que por uma semana? Esse é, por acaso, o prazo de duração da tua loucura?

– Não, tio. Sabia que você viria porque papai me avisou. Espero que uma semana seja tempo suficiente para convencê-lo de que a minha decisão é acertada.

Licco se conteve e os dois homens entraram naquela mesma camioneta, que dois dias antes tinha sofrido a emboscada na estrada lamacenta.

Ainda bem que a camioneta não fala, Oleg pensou. Se tio Licco soubesse dos acontecimentos dos últimos dias, iria à loucura.

Nos dias seguintes, Licco tentou de todas as maneiras dissuadir o sobrinho da ideia do garimpo. Para ele, aquele jovem era mais um filho pelo qual tinha lutado desesperadamente, por meios lícitos e ilícitos, quando David e Oleg conseguiram cruzar a cortina de ferro em uma fuga que pode ser classificada como espetacular. Naquele dia, quase onze anos atrás, para a pequena família Hazan, a Segunda Guerra Mundial finalmente tinha terminado. Licco ainda comemorava a repentina calma no seio da família que estava de novo reunida quando a vida, como costuma acontecer, tomou outros rumos e, mais uma vez, veio com tudo. Pouco tempo depois, perdeu Berta, companheira de sempre, para o câncer, e a ferida ainda estava demorando a sarar. Como se não bastasse, isso, agora, sem necessidade: Oleg queria se aventurar em uma empreitada insana e perigosa. Era demais, e Licco não pretendia deixar isso acontecer.

Jantaram em silêncio. Só depois de comerem Oleg relatou a última viagem ao garimpo e o encontro com Sandra Reis.

– Mas é claro que me lembro dela e de Ricardo. Ele trabalhou pouco tempo na refinaria e depois começou outro negócio de representação de remédios. Eram bons jogadores de tênis, e a gente se encontrava todas as semanas no Bosque Clube. Mesmo sendo desportista assíduo, sofreu um ataque cardíaco fulminante e morreu jovem. Dela nunca mais tivemos notícias. Lembro que os cabelos eram compridos e negros, e os olhos, azuis. Era uma mulher muito bonita, alegre e vistosa, gostava de vida social, e o casal frequentava todas as festas nos clubes mais badalados daquela época: Acapulco, Ideal, Bosque e Rio Negro.

– A única coisa bonita que sobrou são os olhos. Agora os cabelos são vermelhos, cor de fogo, ela é uma senhora velha e paraplégica e ganha a vida como cafetina. Além disso, tem uma draga que quer vender para mim.

Licco não quis voltar ao passado, estava decidido a impedir o sobrinho de se aventurar floresta adentro.

– Nem pensar. Você fez um excelente trabalho aqui em Rondônia e nossos negócios estão prosperando em grande parte por sua causa. Podemos transformar a filial de Porto Velho em uma firma independente, onde você pode ter uma importante participação. Tenho certeza de que Daniel, Sara e nosso sócio, Gustavo, vão concordar e terão o maior prazer em tê-lo como acionista. Vou pensar um pouco mais, falar com todos os envolvidos e formalizar este convite. O jantar foi bom e agora vou dormir. Amanhã conversamos de novo.

– Tio, obrigado por tudo, mas acho importante que saiba desde o começo que não vou aceitar sua proposta, por mais generosa que seja. Ainda não sei se vou comprar essa draga ou outra, mas não tenho nenhuma dúvida: vou passar um tempo no garimpo.

Pelo tom da voz do sobrinho, Licco se deu conta de que ele era tão teimoso quanto David. Deitado na cama, na solidão do quarto do hotel, sua mente voltou para uma cena de mais de quarenta anos antes, no campo de trabalhos forçados em Somovit, na Bulgária, quando David tinha declarado sua decisão de fugir e se juntar à resistência armada contra os fascistas búlgaros e seus aliados alemães, mesmo indo contra a vontade do próprio irmão. Após uma tensa conversa, os irmãos tinham se despedido no meio de uma forte nevasca para uma separação de longos quinze anos. Pelo menos naquelas circunstâncias David tinha tido boas razões para escolher o caminho mais perigoso, o que não era o caso agora.

– Tio, amanhã Gabriel e eu vamos a Palmeiral para fazer entrega de motores e peças. Vou aproveitar para dar uma olhada na draga da dona Sandra.

A semana que Licco pretendia passar em Porto Velho já estava terminando, e ele sentia um misto de frustração e desespero ao concluir que Oleg não tinha mudado em nada suas intenções. Mas Licco tampouco era de se dar por vencido sem insistir:

– Lá vai você e sua draga maldita! Já que é assim tão urgente, vou junto. Não vai se ver livre de mim tão fácil! A Berimex vende tanto para essa gente que não se justifica que ninguém da cúpula da empresa nunca tenha pisado em um garimpo.

Temendo outra emboscada, Oleg ainda tentou argumentar que a BR-364 – que começa na distante cidade de Limeira, no interior de São Paulo, e passa por Goiás, Mato Grosso, Rondônia e termina em Rodrigues Alves, no Acre – ainda não era asfaltada. Informou que Palmeiral ficava distante 140 quilômetros e a camioneta estava totalmente lotada, mas de nada adiantou.

– Não temos ar-condicionado e por causa da poeira, mesmo neste calor insuportável, vamos ter de andar com os vidros fechados por várias horas. Viagem de um dia só, desta vez, não vai ser suficiente e teremos de pernoitar no garimpo. Como o Hotel da Lola ainda não está pronto, vamos dormir em redes no flutuante do Amorim.

– Adoro uma rede! Em nosso primeiro ano no Brasil, ainda em Belém, Berta e eu dormimos em rede por muito tempo. Vou com vocês e ponto-final! – Licco tinha resposta para tudo e não tinha intenção de ceder fácil.

– Que seja o que Deus quiser! – exclamou Oleg. – Vamos ter de levar repelente, porque aquela área está infestada de pium. Saímos amanhã às seis.

Por causa das chuvas que não davam trégua, a estrada se revelou um pouco pior que o esperado. Mesmo com a água entrando, a janela precisou ficar aberta pela metade, o que permitia a renovação do ar e uma temperatura mais amena dentro da cabine. Quando chegaram em Palmeiral já era meio-dia e estavam exaustos e encharcados. Na estrada, além de algumas camionetas, encontraram vários táxis, quase todos em péssimo estado. O movimento nas duas direções era intenso, e ficava ainda maior nos últimos quilômetros. Palmeiral definitivamente estava bamburrando!

O ritual do recebimento das peças de reposição e dos motores era igual, com uma pequena diferença: Gabriel e o gerente da oficina acompanharam a contagem daquela vez. Ao lado do flutuante de Amorim se encontrava uma draga, que parecia deserta. Dirigiram-se a ela, e Oleg começou a explicar o funcionamento daquela enorme casa flutuante, cheia de equipamentos.

– Tio, esta é uma draga escariante. Você deve ter ouvido falar das balsas, que são guiadas por mergulhadores. As dragas modernas como esta são muito diferentes.

– Não só ouvi falar, como fico de cabelo em pé quando me lembro das histórias. Contavam de mortes por asfixia ou porque o mergulhador, sem visão na escuridão da água barrenta, se enrolava sem querer nas mangueiras, ou, ainda pior, porque os companheiros lhe cortavam o suprimento de ar na hora que sinalizava que naquele lugar o leito parecia promissor ou então tinha bastante ouro para ser distribuído. Não quero isso para você nem para ninguém! Você tem ideia de como funcionam essas embarcações, Oleg?

– Aproveitei o tempo que levo trabalhando na Berimex, tio, para aprender muita coisa. Sei, por exemplo, que o mergulhador era muito importante para as balsas antigas. Era o responsável pela escolha do melhor local e pela mandada, a colocação da mangueira que suga e conduz todo o material coletado para uma caixa de madeira toda acarpetada, que separa e retém os fragmentos de ouro depositados no carpete. As partículas minúsculas de metal são mais pesadas que o resto, chamado arroto, que é descartado e jogado de volta ao rio. – Oleg fazia questão de demonstrar seu conhecimento e provar a Licco que sua decisão era bem fundamentada. – Todos os peões em uma balsa devem ser mergulhadores; o revezamento é fundamental, porque ninguém aguenta muito tempo debaixo daquela água lamacenta e o processo só é interrompido no momento da coleta e divisão do ouro, a famosa e esperada despesca. Dragas modernas como esta que estamos visitando são chamadas de escariantes e não precisam de mergulhadores. Todos os comandos são hidráulicos e o motor com a bomba fica acoplado a uma lança, que alcança o fundo do rio a profundidade de trinta metros ou mais. Na ponta da lança fica a maraca, uma peça giratória que faz o trabalho antes executado pelos homens, retirando e sugando para a caixa acarpetada.

– Vejo que conhece bem a garimpagem. Fala-se muito na poluição com mercúrio, que envenena a água, o ar e todos os seres vivos em volta; ela é cruel. – Licco não se dava por vencido.

Naquele momento, Gabriel, que já tinha terminado suas tarefas, juntou-se aos dois homens e ainda ouviu a explicação do Oleg. O sobrinho tinha se preparado, conhecia as etapas do processo, do antigo, de fato muito prejudicial ao meio ambiente; e as evoluções, que implicavam menor chance de contaminação com o tal mercúrio. Licco ainda tentou argumentar que a verdadeira extensão da contaminação com metais pesados ainda estava por ser dimensionada e avaliada, depois resolveu se calar.

No garimpo, é comum dormir muito cedo após o dia de trabalho extenuante, especialmente quando não há programa nas currutelas (como eram chamados os pequenos povoados às margens do rio que viviam às custas do garimpo) ou bares flutuantes, que abundam de prostitutas, como era o caso daquele dia. Depois do jantar, embalado na rede e já meio sonolento, Gabriel perguntou:

– Oleg, por acaso você sabe por que chamam aquele peão do Amorim de Moicano? Moicano não é um tipo de penteado?

– Na verdade, os moicanos foram índios norte-americanos de uma tribo, agora extinta, que usavam aquele penteado. Tem um livro famoso chamado *O último dos moicanos* – Licco esclareceu.

– O autor não é um tal de James Fenimore Cooper? – Oleg perguntou. – Amorim tem esse livro na biblioteca. Por acaso sei dessa história. Aquele peão não tem nada com a tribo ou com o corte de cabelo. O nome dele é Raimundo, mas todos passaram a usar o apelido, que o próprio Amorim lhe deu, de Último Moicano. Com o tempo, ficou só Moicano. Um dia Raimundo voltava da folga semanal e, muito orgulhoso, gabava-se que, após várias tentativas frustradas, tinha conseguido sair com a cozinheira de uma balsa vizinha, que em troca de alguns modestos gramas de ouro, costumava aliviar as tensões sexuais dos garimpeiros. Ele tinha sido preterido em todas as tentativas anteriores e agora finalmente se sentia realizado. Amorim, que nunca perdia uma piada e que conhecia bem a fama daquela moça prestativa, teria exclamado: "Você foi o último homem da fofoca inteira a comer aquela moça! O Último Moicano!".

Os três homens não conseguiam parar de dar risada.

"Aqui estou no meio do nada, no lugar onde Satanás perdeu o cachimbo, em um universo totalmente estranho e, pela primeira vez depois da morte de Berta, esta noite senti vontade de soltar uma gargalhada como nos velhos tempos. O que teria dito meu amigo Salvator se pudesse me acompanhar nesta jornada maluca?" Afundado em sua rede, Licco não parava de pensar.

Mais de quarenta anos antes, durante a Segunda Guerra Mundial, no campo de trabalhos forçados onde os judeus búlgaros lutavam pela sobrevivência, Salvator tinha sido o amigo mais próximo de Licco. A resistência de várias camadas da população búlgara e da Igreja ortodoxa de entregar os judeus à Alemanha hitlerista levou a uma solução salomônica: o Estado búlgaro, liderado por um governo fascista, favorável à Alemanha, sob pressão e muito a contragosto, foi obrigado a organizar seus próprios campos de trabalho forçado. Os campos, embora cruéis, não previam abertamente o extermínio dos judeus e, em última análise, foram responsáveis pelo salvamento da grande maioria de seus ocupantes, que de outra forma teriam sido eliminados em campos da Polônia. A saúde frágil de Salvator não tinha resistido ao inverno inclemente naquelas condições precárias, e ele faleceu pouco antes do fim da guerra e da chegada da liberdade. A amizade entre os dois homens tinha sido tão forte que, nos anos que se seguiram, sempre que algo diferente acontecia Licco invocava seu amigo, que parecia ainda existir escondido nas entranhas de sua alma. Dessa vez, Salvator permaneceu em silêncio e Licco caiu no sono, embalado pelo balançar da rede e a brisa suave da noite tropical.

No dia seguinte pegaram a estrada bem cedo, e Oleg zombou consigo mesmo:

– A esta hora os bandidos e os pistoleiros ainda dormem.

– Esta estrada não é perigosa? – Licco perguntou e, por um instante, pareceu adivinhar os pensamentos do sobrinho.

– Não, tio, nesta época de águas muito altas não tem produção, e as borocas estão vazias. Tanto que as meninas da Lola estão descansando e até os bandidos passam necessidade!

Revezando-se no volante, percorreram boa parte do trajeto em silêncio. Já bem perto de Porto Velho, Oleg resolveu falar:

– Tio, semana que vem vou me encontrar com tua conhecida, dona Sandra, e vou tentar negociar a draga. Está pronta para funcionar e só vai precisar de alguns testes. O próximo passo vai ser recrutar uns mansos.

– Já que estou aqui, vou junto. Ainda não consigo acreditar que aquela mulher distinta agora é dona de bordel. Quero encontrá-la e, quem sabe, a amizade antiga pode ajudar na negociação – O pensamento saíra sem querer e Licco ainda tentou consertar. – Não pense que estou de repente aprovando esta tua loucura!

Passados dois dias, a camioneta carregada de peças e motores estacionou embaixo da árvore ao lado do flutuante de Amorim. De novo, os mesmos peões descarregaram as caixas, e Oleg e Licco logo foram ao encontro do homem franzino que, recuperado da malária, veio cumprimentar os recém-chegados.

– Seu Amorim, este é meu tio, Licco Hazan – Oleg se apressou em fazer as apresentações. – Ele quer conhecer o garimpo e se encontrar com dona Sandra.

Tanto Oleg quanto Sandra já haviam falado de Licco a Amorim:

– Além de ser seu cliente, ouvi muitas coisas boas a seu respeito – Amorim observava Licco como se o conhecesse de longa data, sem conseguir se lembrar de onde. De repente, sorriu de orelha a orelha:

– O senhor fala igualzinho ao Russo, além de ser muito parecido com ele. Sandra já tinha mencionado isso, mas a semelhança é espantosa.

– Bem, Oleg, meu sobrinho querido, é uma edição nova e melhorada de mim!

– Hoje vou almoçar com vocês. Sandra vai ficar muito feliz em vê-los! Depois da última visita do Russo, não parou de falar no senhor Licco e sua esposa. Vive do passado! É verdade que você sabe tudo sobre os produtos regionais amazônicos?

– Tudo é exagero! Mas aprendi muito com os homens que estudaram e viram potencial nessa terra anos atrás. Verdadeiros pioneiros, quatro me são muito caros. Aprendi muito com Isaac Sabba, Moysés Israel, Isaac Benzecry e Samuel Benchimol. Há trinta anos exporto óleo essencial de pau-rosa e bálsamo de copaíba. E, mesmo assim, sei muito menos do que gostaria. Até comprei, com minha falecida esposa, Berta, um terreno lindo bem perto de Maués, e pretendo iniciar uma plantação de pau-rosa naquele lugar.

Oleg estava ansioso para negociar com Sandra e, por isso, Amorim, Licco e ele embarcaram na voadeira, e Moicano os conduziu para o restaurante. Dessa vez o leão de chácara os reconheceu de imediato e os levou direto para um pequeno elevador de castanha, cuja manivela era movida por dois caboclos fortes. Subiram à área reservada, um chapéu de palha muito bem ventilado no segundo andar.

– Estes são os aposentos privativos da Sandra, aonde pouca gente tem acesso. Aqui tem uma confortável suíte. Ao lado fica o quarto da filha, Mariana, e um pequeno escritório. Este elevador de castanha possibilita a subida e descida da cadeira de rodas e é ao mesmo tempo equipamento de segurança. Faz tanto barulho que não tem maneira de subir sem ser notado. Podem reparar que, por razões de segurança, não há escada e que sempre tem um ou dois peões perto da manivela – Amorim ficou explicando em voz baixa, quase sussurrando.

Mal tinham se acomodado nas confortáveis cadeiras de balanço na parte mais ventilada quando ouviram vozes femininas, e então o elevador funcionou de novo. A cadeira de rodas saiu pela parte de trás e mesmo ainda sem poder ver os homens que estavam a sua espera, Sandra começou a falar:

– Então Russo cumpriu com sua palavra. Que bom que Amorim também veio.

Nesse momento, Mariana virou a cadeira e Sandra pôde ver os visitantes. Demorou um instante para reagir, processando em sua memória o rosto daquela terceira pessoa.

– Meu Deus, Licco! – a voz saiu com dificuldade e algumas lágrimas brotaram dos olhos azuis, que sem dúvida nenhuma marcavam aquele rosto. – Mariana, me leve para o quarto. Preciso me arrumar! – A voz soou embargada, quase um murmuro. – Só um instante, por favor! Volto já!

Com Licco também havia acontecido algo. Quem prestasse atenção perceberia que vira muito além daquela mulher de cabelos vermelhos! Os olhos azuis continuavam lindos, única coisa intacta naquele rosto. Por trás deles enxergava uma outra mulher, esguia, alegre e cheia de vida ao lado da Berta, ambas ainda jovens e bonitas. Vestiam saias e camisetas brancas e seguravam raquetes Dunlop de madeira na mão. Uma lembrança maravilhosa que, ao mesmo tempo, parecia dolorosa demais. Será que ele não teria uma fotografia assim nos álbuns da Berta?

O tempo que Sandra demorou para retornar denunciava o capricho com que se arrumara. Até salto alto tinha escolhido para compor um visual elegante, embora destoante da realidade grotesca daquele ambiente onde homens andavam seminus, só de calção. As mulheres, em geral, se punham dentro de vestidos simples mas insinuantes, nem precisavam subir em saltos.

Alguém poderia achar a cena daquele encontro estranha e até de mau gosto, mas os fortes sentimentos que Licco e Sandra não conseguiam esconder eram suficiente para que as esquisitices parecessem normais, até mesmo comoventes e autênticas.

– Sandra Reis, amiga! – Licco queria dizer alguma coisa importante àquela mulher, mas as palavras não vieram.

Oleg e Amorim perceberam a emoção do encontro e permaneceram num respeitoso silêncio.

– Às vezes, aquela vida dos tempos de Manaus parece um sonho distante e irreal.

O almoço foi servido e a conversa continuou difícil e travada. Oleg estava visivelmente impaciente para iniciar a negociação da draga, mas era patente que Licco e Sandra estavam interessados em outros assuntos. Amorim também não abria a boca, e logo ficou claro que não era hora de se negociar nada: o passado se impunha.

– Russo, quanto tempo vocês vão passar conosco? – Amorim interrompeu o silêncio.

– Vamos pernoitar aqui no hotel da dona Sandra.

Já recomposto, Licco surpreendeu a todos:

– Serão duas noites. Quero conversar mais com Sandra e conhecer o funcionamento do garimpo. Tenho muito a aprender; jantamos juntos hoje e falamos sobre a balsa. Também quero conhecer a operação do senhor Amorim. Vocês são meus convidados.

O hotel, motel e bordel Casa da Lola, como Oleg definia a estrutura flutuante de madeira de dois andares que ficava ao lado do restaurante, era bem-construído, limpo e funcional. Oleg e Licco ficaram nos quartos mais distantes do restaurante, no final do corredor, onde o barulho da música perturbava menos. Aquele lugar, que de dia parecia pacato e tranquilo, à noite se transformava em uma boate barulhenta e cheia de gente. Por ordem de Sandra, naqueles dois dias a música tocou bem mais baixo, e os quartos ao lado dos visitantes permaneceram vazios. Ela conhecia bem suas instalações e sabia que as paredes de madeira proporcionavam pouco isolamento acústico. Não seria a primeira vez que um hóspede acabaria perturbado por algum peão fogoso e barulhento ou por uma menina exageradamente escandalosa na hora de ter ou fingir orgasmo. Sandra era conhecida por selecionar mulheres que tinham amor à profissão. Ela não cansava de exigir empenho e criatividade, como a arte do ofício demandava.

No garimpo, onde tinha para lá de vinte homens para cada mulher, as raparigas eram necessárias. As discípulas de Sandra eram examinadas uma vez por mês por um médico de Porto Velho e ainda recebiam ensinamentos e conselhos das colegas mais experientes. Existiam regras, nem sempre seguidas à risca, que garantiam mais higiene e o melhor serviço de bordel do garimpo. Além da dedicação, as garotas eram ensinadas a se cuidar e usar preservativo sempre que possível.

Satisfazer os clientes era primordial; por isso, eles só deveriam ser liberados quando comprovadamente exauridos, sem nada mais para dar. Quando o cliente pensava ter terminado, para as fogosas meninas de Sandra o jogo mal havia começado. As habilidades da Mulata Tico-Tico e de Dalva Motosserra, as mais procuradas e desejadas, eram incontestáveis – a fama avançava pelos garimpos com a velocidade de avião a jato. Para o deleite dos fregueses, faziam jus ao boato bem-humorado que enaltecia a intolerância das duas com qualquer pau de pé. Não paravam até que o membro em questão ficasse exaurido e murcho – tinham verdadeiro orgulho de seus nomes de guerra. Alguns admiradores mais exaltados, em uma demonstração de egoísmo, de falta de companheirismo e solidariedade humana com os outros candidatos menos abastados na mesma fila de espera, estavam dispostos a pagar qualquer preço por uma noite inteira de desfrute. Poucos conseguiam tal façanha – a maioria capitulava depois de poucas horas por absoluta falta de preparo físico. Assim, para a felicidade geral, sobrava tempo para atender todos. Além das recomendações higiênicas e de desempenho, dona Sandra tinha ainda outro conselho, que as pupilas nunca deveriam esquecer:

– No garimpo tudo é permitido, menos enrabichar por marmanjo. Puta que se preza não pode se apaixonar!

– Mandei preparar um delicioso pirarucu de casaca, um peixe que tinha guardado para hóspedes especiais. Aqui em cima podemos conversar tranquilos enquanto o pessoal se diverte na boate.

Sandra tinha trocado de roupa outra vez e até Mariana estava elegante. Já não se podia dizer a mesma coisa a respeito dos homens, que tinham passado a tarde visitando diferentes balsas, dragas e até uma currutela. Por último, Moicano os tinha levado para conhecer uma das cachoeiras de água límpida que ficava perto do garimpo, onde se podia pescar e tomar banho nas poucas horas vagas. Agora estavam cansados e famintos.

Sandra parecia rejuvenescida. Toda hora se lembrava de algum conhecido de Manaus, e Licco, visivelmente relaxado e alegre, como Oleg não o via há muito tempo, relatava as histórias dos amigos de outrora, alguns ainda vivos e outros, não. O papo estava agradável e parecia não ter fim.

– Sandra, você precisa visitar Manaus. Aquela pequena e pacata cidade que deixou agora é uma metrópole em franco crescimento. Não vai reconhecer!

– Tenho minhas razões para não voltar a Manaus. Qualquer hora eu lhe conto. Agora vamos ao que interessa: a draga – para alívio de Oleg, Sandra resolveu falar de negócios. – Uma draga escariante nova, em terra, ainda por montar e pôr na água, custa por volta de dez quilos de ouro. Para montar, testar e colocar na água vai precisar de pelo menos um quilo adicional. Minha draga tem um ano de uso e tudo nela funciona perfeitamente. Até panelas na cozinha tem. É só abastecer e mandar brasa. No estado que se encontra agora, eu a venderia para qualquer comprador por oito quilos e meio.

– Sou testemunha de que funciona – Amorim confirmou. Já teve outros compradores que a experimentaram, mas não tinham grana o suficiente.

– Para o Russo, poderia fazer por oito quilos e ainda financiar. Ele pode pagar uma parte com o ouro que vai produzir.

– Oleg, meu filho, com Sandra não podemos ter segredos. Diga, quanto dinheiro você tem agora? – perguntou Licco, que sempre que o assunto era relevante voltava para o nome original do sobrinho.

– Tenho redondos cinco quilos, mas para funcionar vou precisar de pelo menos um quilo de capital inicial. Poderia pagar quatro imediatamente.

– Sandra, vamos pagar sete quilos à vista e ninguém fala mais nisso. Vou emprestar a meu sobrinho o equivalente a três quilos, só que, como não tenho ouro, pago em cruzeiros. Com a inflação como está agora você vai ter que aplicar o dinheiro imediatamente – Licco queria fechar o negócio.

– O velho Licco, um baita homem de negócios! A balsa é sua, Russo, já podem começar os trabalhos. O gerente do banco sabe exatamente o que deve fazer com meu dinheiro. Eu me mudo para a boate nova em alguns dias e vou tomar conta de seu sobrinho como se fosse o filho que nunca tive. Amorim vai me ajudar nessa tarefa, ele também está se mudando para Palmeiral. Não pode me deixar sem parceiro de paciência de jeito nenhum.

Oleg mal podia acreditar. Muito antes do que poderia esperar e ainda com a ajuda de Licco, que até então tinha sido o maior obstáculo entre ele e o garimpo, tinha se transformado no dono de uma draga escariante.

– Tio, esta é mais uma que fico devendo. Obrigado!

– *Mazel Tov*, Oleg, ou melhor, Russo. Que Deus te proteja!

Vendo o sobrinho sorrir de orelha a orelha, Licco se sentiu feliz e, mesmo com coração apertado, o abraçou:

– Tomara que não me arrependa! – Sentiu uma pontada na alma. – Agora vão dormir. Ainda estou emocionado e completamente sem sono. Vou tomar um cálice de vinho e conversar mais um pouco com minha amiga. É noite de lua cheia, não tem mosquitos e tem essa brisa agradável.

Conversaram sem maiores intimidades.

Na noite seguinte, Oleg foi jantar na draga de clientes. Amorim ficou em seu flutuante e Licco voltou a procurar Sandra. Quando o viu desacompanhado, dispensou Mariana, e os dois amigos ficaram a sós. Ela parecia mais disposta a falar.

– Tem algumas coisas que não podem ser ditas na presença de estranhos. Agora posso responder por que nunca mais fui a Manaus – começou Sandra. – Bem, fora do garimpo, onde sou temida e respeitada, em todos os outros lugares, por causa da minha profissão, estou sujeita a muito preconceito, mesmo no convívio social mais superficial. Assim foi em Porto Velho e assim será se voltar a Manaus. Vou lembrar a você uma parte da minha história e vai entender. A Sandra Reis que você conheceu foi uma mulher feliz e bem casada com Ricardo, seu príncipe encantado. Por dez anos viveram felizes em Manaus, jogaram muito tênis, dançaram e se divertiram com seus inúmeros amigos. Para completar a felicidade do casal, nasceu a pequena Mariana e tudo parecia se encaminhar bem na vida deles. A criança tinha menos de um ano de idade quando o príncipe teve um ataque cardíaco fulminante durante a noite e amanheceu sem vida. A princesa, de um dia para o outro, se viu só com uma criança pequena. Os pais dele, que moravam em Santa Catarina, a convidaram para viver com eles, e ao longo de um ano ela vendeu tudo o que tinha em Manaus e se preparou para a mudança. Foi quando conheceu outro homem, com quem no começo parecia que viveria outro conto de fadas. Levada pelo sentimento, resolveu ficar onde estava, escreveu para os antigos sogros, agradeceu e informou-os da decisão. Estava de novo feliz.

Inesperadamente alguém aumentou o volume da música na boate, que ficava logo embaixo deles, e uma voz de homem invadiu o ambiente:

– *É a vida, é bonita, é bonita...*
– Vou mandar parar este barulho!
– Deixe! – Licco pediu. – Gosto dessa música.
– *E não ter a vergonha de ser feliz...*

Sandra suspirou, ficou um instante em silêncio e depois continuou:

– Não demorei a descobrir que aquele homem não era um príncipe, estava mais para um sapo da pior espécie, bebia muito e, totalmente descontrolado, maltratava a minha filha e me espancava. Isso começou a acontecer com alguma regularidade e eu, totalmente passiva, me sentia imóvel e sem força ou fibra para reagir. Cheguei a sentir ódio de mim mesma. Naquela época, havíamos nos mudado para Porto Velho, onde ele tinha alguns negócios, que não andavam bem. Ainda tentei ajudá-lo, mas, com o tempo, o meu dinheiro também acabou e ele passou a pedir as minhas joias, as únicas lembranças de Ricardo que ainda conseguia esconder dele.

Sandra ficou parada, e as lágrimas desceram por seu rosto. Depois de alguns instantes, ela se recompôs e continuou:

– Minha maquiagem deve estar horrível! Desculpe! Bem, para contar a longa história com poucas palavras, o sapo bateu tanto na princesa que um dia ela desmaiou e, quando acordou, tinha perdido irreversivelmente a maior parte dos movimentos. Nunca mais andou, dançou ou jogou tênis, o dinheiro acabou e os amigos também. Mesmo assim sobreviveu e ainda preservou algumas alegrias. A maior delas foi Mariana, que é mais do que uma filha, é minha protetora, uma amiga de verdade.

Permaneceram algum tempo em silêncio enquanto a música continuava.

– Esta música parece que foi feita para a Sandra Reis dos tempos do Ricardo. A Sandra de agora não tem muito a ver com aquela mulher feliz. Nunca mais vou pisar em Manaus, onde ainda há alguns poucos amigos que se lembram da princesa que fui um dia. Essa imagem me pertence e enquanto ela perdura eu consigo me manter forte e com vontade de viver. Espero resguardá-la para sempre. Agora isso depende do seu silêncio, Licco. Promete?

– Pode contar comigo, princesa!

Permaneceram em silêncio escutando os últimos acordes da música, cada um mergulhado no seu passado, recordando os momentos tristes e alegres da sua juventude.

– *Mas isso não impede que eu repita. É a vida, é bonita, é bonita...*

A música terminou, trocaram o disco para um de música sertaneja, e Sandra pediu para tocarem mais baixo.

– E você, Licco? Nunca soube como você e Berta chegaram a Manaus.

– É uma longa história, Sandra.

Licco sentiu uma forte necessidade de falar e contar sobre seu passado – a juventude pobre, mas feliz, na distante Bulgária, as perseguições e o salvamento dos judeus búlgaros durante a Segunda Grande Guerra, quase um milagre, a fuga do campo de trabalhos forçados, a travessia do Atlântico e a chegada inesperada na Amazônia junto com Berta. Falou também de Berta, do quanto a via como companheira fiel e da falta que sentia. Do vazio difícil de ocupar.

Em silêncio, Sandra acompanhou o desabafo de seu amigo, que relatou suas andanças pela vida – frustrações, tristezas, dúvidas, alegrias e algumas vitórias.

– Todos os emigrantes, em especial os judeus que conseguiram se salvar do Holocausto, têm histórias incríveis para contar. Em Manaus, conheci o senhor Schwartz, que também era sobrevivente da guerra. Era muito amigo de Ricardo e, às vezes, nos contava sobre a saída dramática da Alemanha nazista e a chegada no Brasil. Imagine só: tinha passado vários dias sem comida nem bebida, escondido no bagageiro de um automóvel, até que conseguiu cruzar a fronteira da Alemanha com a Suíça.

– A história de meu irmão David também é fascinante. Conseguiu fugir do campo de trabalhos forçados em 1942, enquanto fiquei apodrecendo ali por mais um ano. Sabia que tinha se juntado à resistência armada que combatia o governo fascista. O que não sabia, e isso ele me contou só recentemente, é que foi caçado e pego pela polícia búlgara em junho de 1944, junto com outro jovem *partisan*, quando praticavam um ato de sabotagem. Os dois foram interrogados durante várias horas, o pau cantou, mas não abriram o bico e não contaram nada sobre os esconderijos dos comparsas. Para meu espanto, David conta esse episódio macabro até com senso de humor. Sem conseguirem resultados, os carrascos recorreram às leis da física, ciência das mais exatas, e invocaram o tal Pêndulo de Foucault. Já ouviu falar dele? Dizem que é um método infalível para vencer a teimosia dos interrogados. No século XIX, um cientista francês, Jean Bernard Foucault, tinha observado que um objeto absolutamente sem movimento, pendurado numa corda, começa lentamente a girar em volta de si, porque acompanha a rotação da Terra. Mal podia imaginar que décadas depois inspiraria torturadores fascistas que criariam uma espécie de pêndulo humano, colocando sua vítima com a cabeça sempre para baixo e as solas dos pés para cima, bem expostas e à disposição de eventuais interessados. Essa posição permitia uma variedade infinita de modalidades de tortura, que poderiam ainda facilmente serem aperfeiçoadas por meio de choques elétricos; um cabo exposto enrolado no dedão do pé e o outro polo, em alguma parte mais sensível do corpo. Quarenta anos depois, eu ainda tremo e tenho vontade de vomitar. Às vezes tento imaginar como David conseguiu suportar tudo isso. Perto dele eu não sofri. Acredito que perto de você, também, a vida me foi leve.

 Apesar do engasgo Licco continuou:

 – David me contou que, por causa das chicotadas, em pouco tempo os pés se transformam em uma massa sangrenta. Depois dos primeiros choques, o tal pêndulo humano começa a mijar sem controle algum, e aquele líquido quente se mistura ao sangue, ao suor, e desliza pelo peito e pelo pescoço até invadir a boca e o nariz em forma de enormes gotas.

Ainda emocionado, Licco relembrou que depois de desfalecerem, os dois trapos humanos tinham sido depositados no chão da cela gelada, até para dar tempo de os torturadores irem jantar com os filhos e as esposas, como deveriam fazer todos os cidadãos honrados. No dia seguinte haveria outra seção, ainda mais produtiva, e aí imaginavam que os pêndulos abririam o bico na certa. Mas naquela noite aviões americanos e ingleses bombardearam a cidade de Sófia com mais força que o habitual. Várias bombas atingiram uma ala da prisão e alguns ladrões até conseguiram fugir. A solução foi evacuar todos os prisioneiros para uma cidade menor e, assim, a tortura não pôde continuar. Enquanto isso, o Exército Vermelho tinha chegado ao Danúbio e o poder fascista começou a ser desmantelado. Juízes, promotores, procuradores, investigadores e torturadores, que até então tinham cooperado com o regime, passaram a se fingir de mortos. No dia 9 de setembro de 1944, o Exército Vermelho atravessou o Danúbio sem encontrar resistência. Assim foram salvos o pai de Oleg e muitas outras almas. Por uma enorme ironia, quase trinta anos mais tarde, o coitado foi preso de novo, mas pelo regime comunista, falsamente acusado de espionagem. Um dia conto essa segunda parte da história de David. Por ter lutado até com armas na mão por seus ideais, a segunda prisão foi para ele mais dolorida e muito mais humilhante do que o Pêndulo de Foucault.

Naquele momento, Mariana apareceu com a cara inchada de sono para ver o que estava se passando com sua mãe. Era quase meia-noite e Licco se levantou:

– Obrigado por tudo! Amanhã venho me despedir. Logo volto a visitar vocês para ver a draga em funcionamento e então poderemos continuar nossa conversa. Adorei vê-la, Sandra.

– Eu também. Em um mês vamos estar nas novas instalações, em Palmeiral, onde fica a draga de Oleg. Quero convidá-lo ao meu novo hotel. Com mais tempo, preciso contar para você algumas coisinhas da minha vida que você desconhece e provavelmente vai achar interessante. Agora vá com Deus e deixe o Russo comigo.

Trocaram um abraço longo e forte. Não eram necessárias mais palavras – estava claro que cada um podia contar com a solidariedade e a cumplicidade do outro.

– Não estou exatamente feliz com sua ida para o garimpo, mas vejo que não há nada que possa fazer. Quando não se pode vencer o inimigo, associe-se a ele. Essa é a lógica dos políticos e é isso que estou fazendo. – Estavam chegando perto de Porto Velho, e o tráfego aumentava.

– Tio Licco, acredite em mim e fique tranquilo. Ainda mais que vou ter Meio-Quilo e Sandra cuidando de mim.

– Meio-Quilo? Que Meio-Quilo é esse?

Oleg, que estava dirigindo a camioneta, riu gostoso. Estava aliviado porque a viagem de volta estava tranquila e sem acidentes e a penumbra da noite estava lentamente caindo. As luzes da cidade de Porto Velho já iluminavam o horizonte.

– Meio-Quilo é o apelido do nosso amigo Amorim, por causa da estatura dele. Na realidade, pesa um pouco mais que isso. Ele gosta de dar apelidos a todos e não escapou ileso do próprio veneno.

Licco tinha realmente gostado de Amorim, que se revelou uma pessoa inteligente, equilibrada e bastante sensata. Exceto quando se referia a seu primogênito, única preocupação do homem. O segundo filho trabalhava na oficina do garimpo, o outro tinha virado fazendeiro e tomava conta das terras onde a família investia todos os ganhos. Mas, na primeira vez que Amorim se queixou do filho mais velho, Licco pensou no clássico caso de rapaz preguiçoso ou viciado em drogas e álcool, mas para enorme surpresa, descobriu que o problema era bem diferente.

– Meu filho está na Escócia, numa universidade em Glasgow – Amorim contou. – Fez faculdade na USP, mestrado nos Estados Unidos e doutorado na Inglaterra. Já tem 45 anos, mas não quer saber de dinheiro, fazenda ou qualquer outra coisa produtiva. Na última vez que veio me visitar, contou que está lecionando história medieval. Nem sei para que serve isso! Imagine! Vai morrer de fome!

– Amigo Amorim, estudar e ensinar são atividades nobres, talvez distantes demais da vida que levamos por aqui, mas importantes para todos nós. No fundo você sabe disso, caso contrário não teria montado a biblioteca. – Licco não conseguia esconder o sorriso. – Na verdade, você deveria se orgulhar dele!

Embora Amorim não tenha ficado muito convencido da utilidade dos estudos do filho, os dois homens se despediram como velhos amigos. Licco prometeu trazer alguns livros novos para a biblioteca, e Amorim se comprometeu a ajudar o sobrinho dele em sua nova empreitada.

Ao contrário do esperado, foram necessários mais de dois meses para botar a draga em funcionamento. Várias pequenas coisas não funcionaram ou logo entraram em pane, como é normal depois de um longo tempo sem atividade. Finalmente, no final de agosto, com as águas do rio Madeira bem mais baixas, a draga de Russo iniciou as operações em um local promissor, conhecido como Suvaco da Velha, bem perto do Palmeiral. Numa extensão de cerca de quatrocentos quilômetros entre Guajará-Mirim e Porto Velho, o rio fica seccionado pelas inúmeras cachoeiras, que em geral estão localizadas várias dezenas de quilômetros distantes umas das outras, com longos trechos em que o rio corre manso e navegável. Nesses locais calmos, espremiam-se centenas de balsas que tentavam driblar os enormes troncos de árvores que desciam o rio em velocidade, ameaçando arrastá-las para o inferno da próxima queda-d'água em um jogo de azar sem fim.

O horizonte do futuro de cada um dos habitantes das balsas não passava da próxima despescada. Algumas centenas de balsas e dragas naufragavam arrastadas pelos troncos e foram engolidas pela fúria das águas da Cachoeira do Morrinho e do Caldeirão do Inferno, os dois principais obstáculos para navegação no Alto Rio Madeira, para não falar nas outras dezoito cachoeiras e saltos menores. Passando Porto Velho, o grande rio formado pela junção dos rios Mamoré, mais extenso, com Beni, de maior volume de água, é facilmente navegável em toda sua extensão. Por isso o esforço imenso em construir a estrada de ferro Madeira-Mamoré no final do século XIX com o intuito de evitar as cachoeiras perigosas e escoar a importante produção de borracha dos seringais bolivianos até Porto Velho. Entretanto, os tempos áureos da borracha terminaram bem na época da inauguração da ferrovia que, abandonada e sem uso nos anos seguintes, foi engolida em sua maior extensão pela floresta e só uma pequena parte ainda ficou para lembrar as glórias passadas.

Em Porto Velho, Gabriel tinha assumido a gerência da Berimex, sucedendo seu chefe e amigo Oleg. Agora visitava com frequência as inúmeras localidades onde não paravam de se formar promissoras fofocas: Ímbauba, Prainha, Jirau, Palmeiral, Belmont, Periquito, Suvaco da Velha e Ilha da Pedra, entre tantas outras.

Enquanto isso, Russo, como já era conhecido por todos, tentava formar uma boa equipe que pudesse trabalhar com ele por pelo menos uma temporada. Era importante evitar a rotatividade a qualquer custo, porque atrapalhava o funcionamento contínuo dos equipamentos. Moicano, que tinha sido timoneiro de Amorim durante alguns anos e também já tinha sido mergulhador, ofereceu-se e foi aceito na hora.

Por indicação de conhecidos, Oleg contratou dois irmãos, o Negão e o Loirinho, experientes garimpeiros, que tinham a grande vantagem de conhecer a região como poucos. Loirinho, na verdade, era apenas um pouco menos negro que o irmão, o Negão, mas isso tinha sido suficiente para ganhar o apelido. Meses se passaram até que a equipe ficasse completa com a chegada de Antônio, professor primário antes de se tornar garimpeiro. No início era brabo, não sabia nada sobre a extração de ouro, mas se revelou excelente aluno e, em menos de um ano, se transformou em manso. Aliando sorte com competência e alguns procedimentos de produção aperfeiçoados, as despescas da draga logo deram resultados acima de duzentos gramas, considerados excelentes. Os bons ganhos, além de alguns incentivos adicionais oferecidos por Oleg, estimularam a unidade e a fidelidade da equipe.

A vida na draga se revelou menos cansativa, mas mais monótona do que ele havia previsto. Depois dos primeiros dias, quando o barulho constante dos motores ainda incomodava, seus habitantes se deram conta de um estranho fenômeno: apesar do barulho intenso, todos na balsa notavam qualquer som diferente – a queda de uma moeda ou de uma chave de fenda destoava do som uniforme dos motores e do gerador de luz. Dormir não era problema, e o maior cuidado era não cair na água, especialmente à noite, quando a queda poderia passar despercebida. A ameaça de receber o choque violento de algum tronco de árvore levado pelas águas barrentas era constante, tanto que quase todas as semanas alguma balsa sofria um acidente, um impacto violento. Com as poitas que seguravam os flutuadores e a draga arrancadas, a embarcação ficava completamente à deriva e desgovernada, o que a tornava um imenso perigo para seus vizinhos. Era especialmente arriscado quando, por perto, estava o caldeirão de alguma cachoeira ou queda-d'água estava por perto. Mais de uma balsa já tinha sido arrastada pela fúria das águas, que naqueles anos turbulentos invadiram centenas de sonhos e acabaram com muitas vidas.

Sandra e Amorim se mudaram para Palmeiral na mesma semana, no início de setembro. Realmente, a boate nova oferecia maior conforto e as dependências do hotel, motel e bordel eram mais espaçosas e aconchegantes. O flutuante agora oferecia outro serviço essencial: uma pequena, mas bem montada farmácia. Era uma questão de concorrência – não faltavam currutelas na margem do rio, onde um sem-número de mulheres de todas as idades e para todos os gostos oferecia seus serviços por alguns poucos gramas de ouro. Terminada a instalação, Sandra insistiu em convidar Licco para outra temporada no rio Madeira, e Oleg pediu a Gabriel que entrasse em contato com o escritório da Berimex em Manaus.

Poucos dias mais tarde, bem na hora da despesca, uma bandeirinha, como eram conhecidas as voadeiras marcadas por uma bandeira indicadora de serviço de táxi, atracou na draga de Oleg e dela desceram dois senhores bem-vestidos demais para aquele ambiente. Revólver na mão, Moicano acompanhou desconfiado aquela estranha movimentação, e só baixou a arma quando reconheceu um dos visitantes – seu Licco. O outro homem era muito parecido com Licco, apenas um pouco mais calvo.

– Baixem as armas! São meu pai e meu tio! – exclamou Oleg, que até então estava dando cobertura para Moicano. A surpresa foi grande e pela primeira vez a despesca ficou para trás – todos queriam conhecer o pai do Russo, com quem ele parecia ter um relacionamento muito especial. Seguiu-se uma animada conversa em búlgaro entre os três homens enquanto os outros tripulantes voltavam à sua ocupação habitual.

Mas no melhor da conversa, Moicano deu um alarme – um tronco estava vindo em direção à balsa. Mais duas poitas foram lançadas às pressas, e Negão e Loirinho arrancaram em uma chata para tentar desviar aquele torpedo maldito. Não conseguiram totalmente, mas bastou – o tronco apenas tocou a balsa, o impacto foi fraco e as poitas aguentaram firme. Todos ficaram aliviados, observando o tronco desaparecer na escuridão, mas outro vulto foi trazido pela água e encostou por um instante ao lado do flutuante. Era o corpo de um homem morto.

Os segredos de Sandra

Nos primeiros dias, os irmãos preferiram ficar juntos na draga e conhecer todo o processo de extração de ouro, mas não demorou para Amorim e Sandra descobrirem a presença deles no garimpo e convocá-los para a pretensa inauguração das instalações da nova boate, hotel e farmácia: a Nova Casa da Lola, que na verdade já estava bamburrando há alguns dias. Não tinha como adiar a visita.

Sandra cumpriu com a promessa – os irmãos foram tratados como hóspedes de honra e ficaram nas melhores suítes do hotel. Depois dos dias passados na draga, ainda demoraram a voltar para o mundo real, infinitamente mais silencioso. Nos primeiros dias, tinham a impressão de estar o tempo todo em uma catedral onde as pessoas falavam muito alto e havia eco.

Sandra fez questão de apresentar suas discípulas – como chamava as prostitutas –, inclusive as estrelas Mulata Tico-Tico e Dalva Motosserra. Era evidente que a cafetã gostava das meninas e as protegia, mas também sabia lidar com elas. Licco já conhecia parte delas da outra viagem, mas David estava sem saber como se comportar. Atendendo à patroa, as meninas mantiveram respeitosa distância e não assediaram os convidados ilustres. Na verdade, a inauguração não passou de um jantar caprichado. Participaram uma dúzia de donos de dragas, além dos convidados especiais Licco, David e Russo. Amorim apareceu um pouco mais tarde, acompanhado de dois homens, que era fácil identificar como filhos dele. Eram bem maiores e fortes que o pai, mas os traços eram muito parecidos. Renato, mecânico-chefe da oficina, todos conheciam, mas o outro era novo no garimpo:

– Meu filho Roberto, professor de história na Escócia. Trouxe-o porque queria muito apresentá-lo a você, Licco. Ele está passando um tempo aqui comigo para ver se consigo fazer esse cabeça-dura mudar de vida.

Amorim não sabia o que esperar desse encontro. Na primeira vez, Licco tinha se pronunciado em favor do jovem intelectual, mas ele ainda não sabia se tudo não passava de uma gentileza. Ficou surpreso, pois começou uma conversa animada com a participação não só de Licco, mas também de Oleg e David. Se de seu filho intelectual era de se esperar uma boa cultura geral e interesses variados, o outro não decepcionava.

– Passei minha infância e juventude lendo os livros que meu pai colecionava. Criei um gosto por literatura, história e geografia que me acompanha até hoje. Meu pai não gosta da minha profissão, pensa que os professores passam fome, mas é o principal responsável pela minha escolha. Além disso, sou solteiro e ganho o suficiente para me manter – explicou Roberto.

– Solteiro aos 45 anos? Quero netos, mas a história medieval não ajuda! – Amorim não se conformava.

Foi então que começou um pequeno show pirotécnico: algumas chatas posicionadas em lugares estratégicos soltavam rojões coloridos em volta do hotel. Sandra gostava das coisas bem-feitas! Após o jantar, os convidados se apressaram a voltar para suas dragas e o restaurante foi liberado para os impacientes clientes. Sandra convidou os remanescentes para subir a seus aposentos. Repetiu-se a mesma rotina que Licco já conhecia – subir pelo elevador de castanha movido à força de dois capangas. Dessa vez Sandra tinha caprichado. A parte de cima do flutuante era bastante espaçosa e oferecia mais conforto. Após todos conhecerem as novas dependências, a inauguração acabou – ela pediu para conversar a sós com Licco e ele sentiu que ela tinha algo importante a lhe contar.

Amorim e os filhos entenderam o recado. Quando se preparavam para embarcar, Maria, a cozinheira de Oleg, pediu carona – precisava trabalhar no dia seguinte. Oleg e David foram dormir, Sandra deu um sinal para a filha se retirar e os dois amigos ficaram a sós. Licco pediu um charuto e se preparou para escutar:

– Nem sei como começar, amigo. A história que quero lhe contar ninguém sabe. Nem Ricardo, meu marido, que Deus o tenha, sabia. Pensei em morrer com esse segredo, mas tenho de respeitar a vontade da minha mãe de contar toda a verdade, mesmo porque não vai mudar absolutamente nada. Você me conheceu em Manaus, quando eu tinha 25 ou 26 anos e já era casada com Ricardo. Nasci, segundo meus documentos, em Itacoatiara, em 11 de junho de 1924, filha de Ancelmo e Tamara Melo, e me mudei, junto com minha mãe, para Manaus quando tinha 10 anos, logo após a morte de meu pai, que era médico. Dona Tamara viveu mais oito anos. Tinha tuberculose e no final tossia muito, mal conseguia falar. Meses antes de morrer, começou a me contar algumas coisas de sua juventude que eu não sabia. – Sandra soltou um longo suspiro antes de continuar. – Ela nasceu em um pequeno lugarejo, lá no interior da Polônia. Até aí eu conhecia a história, minha mãe falava português com sotaque, mesmo depois de trinta anos no Brasil. Em seguida, contou um pouco da vida de meus avós na Polônia e iniciou uma estranha história sobre seu primeiro casamento, ainda na Europa. Até então, eu não sabia disso, sempre pensei que ela tinha casado uma única vez, já no Brasil, com meu pai. Quando começou a relatar a viagem de lua de mel para a América do Sul, mamãe ficou muito agitada e cada vez com mais dificuldade de falar. Então, chorou um pouco, tossiu e me disse: "Minha filha, não vou conseguir contar. É muito doloroso, além de ser uma longa história. Vou tentar escrever e relatar tudo, assim você não precisa recordar certos nomes e acontecimentos que marcaram muito minha vida e a de centenas de mulheres". – E prosseguiu: – A partir de então, ela passava algumas horas por dia escrevendo e às vezes eu a via chorar. Nunca perguntei nada sobre nossa conversa. Quando a gente é jovem não tem pressa. Pensa que sempre vai ter tempo para fazer tudo. Acho que não tinha dado muita importância para aquela história nem pensava que minha mãe iria viver tão pouco. Então, uma manhã, eu não a ouvi tossir como sempre e para meu horror descobri que silenciosamente Deus a tinha levado no meio do sono. Passado o primeiro choque, achei várias folhas de papel com suas escritas e comecei a ler.

A pausa anunciava que a parte mais interessante da história ainda estava por vir. Licco continuava imóvel:

– Foi surpresa depois de surpresa. Simplesmente não conhecia minha mãe. Foi então que soube que seu nome original não era Tamara e que, na verdade, eu era filha adotiva. Depois de ler e reler o manuscrito, guardei-o numa pasta e preferi esquecê-lo. Só não o joguei fora porque minha mãe tinha insistido que a história um dia deveria ser contada. Li aquele relato de novo quando já estava nesta cadeira de rodas e por último na semana passada. Foi então que resolvi escolhê-lo como confidente e lhe pedir um favor. Gostaria que você providenciasse a limpeza das sepulturas da minha mãe e de Sara Rosales, que ficam lado a lado. Vai ser fácil encontrá-las no Cemitério São João Batista, bem próximo à entrada do Cemitério Judaico de Manaus. Quem sabe, um dia, após divulgar a história, a comunidade resolva tomar conta também das sepulturas das outras pessoas envolvidas.

– É claro que vou! – Até então Licco tinha permanecido em silêncio. – De que comunidade você se refere?

Sem responder à pergunta, Sandra continuou:

– É uma história tão longa que prefiro contá-la amanhã, com mais tempo. Hoje tenho outro assunto como sobremesa. Preciso de toda sua experiência para me aconselhar com um enorme problema, que aflige uma pessoa que você conhece e da qual gosto muito.

– De quem se trata, Sandra? Conheço pouca gente por aqui – Licco não conseguia compreender.

– Trata-se de Maria, Maria Bonita, a cozinheira de Oleg. Trabalhou alguns anos como cozinheira em meu restaurante, gosto muito da moça e confio nela. Ela tem três filhos: Isaías, estudante de medicina em São Paulo; Alice, recém-formada em administração, e Lídia, que ainda estuda jornalismo. Nada mal para uma simples cozinheira que trabalha no garimpo. E claro que isso custou muito ouro e ainda vai demandar algum dinheiro. Foi por isso que eu a cedi a teu sobrinho. Na draga, como garimpeira, ela ganha bem melhor, mas também presta outro serviço – tem a tarefa de cuidar de Oleg e, se for preciso, protegê-lo.

– Você está brincando, Sandra! – Licco não acreditava naquilo que estava ouvindo. – Oleg foi oficial do Exército e participou de uma guerra. Não creio que precise de uma babá. A cozinheira vai cuidar dele? Só se for do estômago dele!

– Aqui no garimpo, meu caro amigo, todos necessitam de um anjo da guarda. Você não conhece Maria Bonita. É obvio que cuida, e muito bem, da comida e da roupa dos garimpeiros daquela draga que é, sem dúvida, a mais limpa e arrumada do garimpo. Para tua surpresa, a cabocla Maria é também uma exímia atiradora. Além disso, é amiga de uma pessoa que quer o bem de teu sobrinho. Essa pessoa se chama Sandra e já foi uma boa jogadora de tênis. E fala quase todos os dias com Maria Bonita. Deu para entender?

– Você realmente me surpreende. Eu notei Maria, primeiro pelos deliciosos tambaquis que prepara como ninguém, depois pelos olhos verdes e pelo carinho com que trata todo mundo. É uma pessoa muito amável. Só não sabia que era tua olheira.

– Amável, de muito valor e muita fibra – Sandra insistiu. – Mesmo ficando tarde, vou lhe contar a história dela para você entender por que estou me dirigindo exatamente a você para o conselho. Quando mandei Maria trabalhar na draga, imaginei que ela mesma um dia relataria tudo a Oleg e pediria seu conselho, mas é muito tímida para tanto. Então eu mesma vou contar.

    Em voz pausada, a velha senhora começou o relato da vida da cabocla Maria, desde o distante rio Purus até a saída trágica do seringal Quatro Ases.

    – Então Alice não é filha da Maria Bonita com o caboclo Adriano, mas filha de Nina e Benjamin Melul. Na época, conheci alguns membros da família Melul em Manaus, mas não os vejo há muito tempo. Devem ter se mudado para o Rio de Janeiro. Na sinagoga Shel Guemilut Hassadim tem um monte de gente vinda da Amazônia. Não seria difícil encontrá-los – pensou Licco em voz alta.

    – Exatamente, amigo. Mas como explicar agora que Maria escondeu isso todos esses anos? Para um juiz desavisado, ela cometeu um crime, mesmo que Alice considere Maria sua mãe e Isaías e Lídia, seus irmãos. Alice sabe um pouco de sua história e especialmente o fato de ser de origem judaica. Maria guardou os livros de reza de Benjamin e a ensinou a acender velas com o pôr do sol todas as sextas-feiras. Mas também é só isso que conhece da religião judaica.

    – Meu Deus, Sandra! Que situação! Na imensidão da floresta Amazônica, nos confins do mundo onde o diabo perdeu as botas, aconteceram várias histórias inacreditáveis. Nunca tinha chegado tão perto, mas já tinha ouvido falar em descendentes de italianos, portugueses, árabes e judeus que, por alguma razão, perderam suas origens e passaram a colorir o vasto interior amazônico, tornando-se simplesmente caboclos. Onde está essa menina? Não tenho condições de dar qualquer opinião competente antes de falar com ela e com Maria.

– Maria e Alice escondiam os fatos de todo o mundo – continuou Sandra. – Até recentemente, Maria recebia muita ajuda do Coronel Jorge Teixeira e especialmente da sua esposa Aída, que conheceu numa visita do ex-governador a Fortaleza de Abunã. Maria trabalhou como cozinheira durante alguns anos na casa da dona Aída.

– Conheci Teixeirão quando era Comandante do Colégio Militar de Manaus. Depois foi prefeito da cidade, o melhor que a capital conheceu em muito tempo. Era atleta, aos domingos jogávamos voleibol no campo de areia do Bosque Clube. Em 1979, foi nomeado governador do antigo Território Federal de Rondônia com a missão de transformá-lo em Estado – Licco realmente se orgulhava da sua amizade com o lendário militar.

– A era Teixeirão em Rondônia só terminou poucos anos atrás, em 1985 – continuou Sandra. – Foi o primeiro governador do novo Estado. Maria teve muita sorte de ganhar sua simpatia e contar com sua ajuda. Sem esse privilégio, sozinha no mundo, nunca teria conseguido dar a seus três filhos o conforto e a boa educação de que desfrutaram. O Coronel poderia ter ajudado muito para restabelecer a verdadeira identidade de Alice, mas Maria nunca tocou nesse assunto com ele. Teve medo da inevitável separação que nem ela nem a menina queriam. Assim, até hoje, para todos, Alice é filha de Maria com o falecido Adriano Antunes.

– Sandra, honestamente, assim de longe e sem conhecer todos os fatos, parece que é melhor não mexer nessa confusão. A não ser que tenha alguma herança envolvida. Alice quer expor a verdade?

– Não exatamente. Maria, fraterna amiga da falecida Nina Melul, é que sente remorsos. Tem a questão da religião. Pode ser que vocês, sendo também judeus, tenham alguma sugestão interessante. Gosto de Maria, devo muito a ela e gostaria de poder retribuir. Ajude-me, amigo.

– Vou conversar com Oleg e também com minha filha Sara, que é juíza e conhece os trâmites legais. Mas antes preciso conversar com Maria e sua filha. Prometo, vamos procurar a solução menos traumática!

– Obrigada, Licco. Vamos conversar mais a respeito, mas por hoje chega. Amanhã à noite vou contar a história da minha mãe, que é outra bomba. Uma bomba nuclear! Boa noite, amigo.

Licco retornou a seu quarto um pouco tonto da bebida, do charuto cubano e das surpreendentes revelações da Sandra.

A vida nos prega cada peça, pensou antes de adormecer. Eu tinha que ouvir essas histórias justo aqui no garimpo! A mãe polonesa de Sandra e ainda a cabocla Maria Bonita e sua filha judia! A vida real é muito mais fantástica que qualquer criação da imaginação humana!

No garimpo, o dia passa rápido. Licco e David foram visitar algumas currutelas ao longo do rio e chegaram à draga de Oleg na hora do almoço. O ronco das máquinas agora parecia mais ensurdecedor que antes. Após a refeição, Licco procurou Maria Bonita e foi direto ao assunto. Começou a relatar a conversa que teve com Sandra na noite anterior e sentiu que estava invadindo a intimidade daquela mulher de forma pouco sutil. Parecia que a tinha apunhalado no coração. Os olhos verdes, que outrora tinham conquistado o caboclo Adriano, encheram-se de lágrimas e a voz ficou baixa, embargada e quase inaudível no meio do barulho das máquinas:

– Então Sandra contou. – Licco percebeu a aflição da Maria. – Chegou a hora de pagar pelos meus erros.

– Nada disso! Gostaria de conversar com você e tua filha em algum lugar mais sossegado. Acredite, quero ajudá-las.

– Na próxima sexta-feira vou passar alguns dias com minhas filhas em Porto Velho. Podemos nos encontrar lá?

Licco concordou na hora. Era conveniente, pois ele e David estariam voltando a Manaus naquele domingo. Daria para conversar à vontade.

– Na sexta-feira vamos viajar juntos a Porto Velho. Oleg vai nos levar na camioneta dele. Combinado.

Pouco depois, na hora de entrar na canoa para voltar ao hotel, acenou para Maria em despedida. Ela respondeu e lhe pareceu bem mais relaxada e aliviada agora que mais pessoas conheciam seu segredo.

Impressionante como é sempre prestativa, gentil e simpática! Ainda é uma cabocla vistosa e na juventude deve ter sido muito bonita, Licco pensou.

A noite escondia outras revelações ainda mais surpreendentes e Licco logo entendeu por que Sandra tinha comparado a história da mãe com uma bomba nuclear. David, que Sandra convidou para acompanhar a conversa, teve de fazer um esforço enorme para entender pelo menos uma parte da história. Os conhecimentos dele da língua portuguesa vinham do ladino, também conhecido como Judesmo, o espanhol que os judeus expulsos da Península Ibérica pela Inquisição, no final do século XV, levaram consigo para o norte da África, para o Império Otomano e para a Holanda. Dava para entender as conversas mais simples, mas a história de Tamara Melo exigia muito mais. Mesmo assim, David percebeu a importância do momento e a emoção que tinha tomado conta de Sandra, e não interrompeu a fala dela com perguntas. Licco iria explicar mais tarde.

– Depois de contar a história da minha mãe vou lhe entregar o manuscrito feito por ela para guardá-lo em lugar seguro. – Sandra mostrou um calhamaço de papel organizado em uma pasta de papel. – Pode ser que um dia alguém queira saber um pouco mais sobre aqueles destinos trágicos que ela descreve. Estes papéis devem ser divulgados somente após a minha morte e sem revelar o verdadeiro nome da autora. Para proteger a mim e meus descendentes, os nomes Tamara e Ancelmo Melo não constam em nenhum lugar, pois minha mãe usou nomes fictícios. Já os outros nomes e fatos podem ser revelados sem receio. Minha mãe, como vai entender depois de ler essas páginas, era uma mulher sábia e me manteve longe dos acontecimentos.

Como já tinha mencionado, Tamara não era seu nome original. O nome verdadeiro era Rifca Blumenfeld, nascida em 1887, numa minúscula aldeia que ficava perto de Belzyce, quase na fronteira com a Rússia. Todos os moradores da aldeia eram judeus, a língua corrente era iídiche e só alguns poucos falavam polonês.

– Meu Deus, você é judia! Sempre pensei que era católica como o Ricardo – Licco não conseguia acreditar.

– Sou católica, sim. Fui criada como católica. Meus pais queriam me manter o mais longe possível do passado de minha mãe. Vai entender quando ouvir a história toda.

Sandra bebeu um gole de guaraná e continuou:

– Conta minha mãe que praticamente todos, com exceção do açougueiro, eram pobres. A vida era simples, o Rabi Zalman era um homem gentil e justo e resolvia com sabedoria todas as disputas. Além da miséria, o maior pesadelo eram os pogroms que aconteciam de vez em quando e eram percebidos por todos como fatalidade inevitável, assim como os terremotos e as enchentes. Por causa deles, as mulheres casadas se mantinham grávidas o tempo todo, assim não engravidariam durante os inevitáveis estupros. O problema eram as jovens ainda solteiras, maiores vítimas da violência. As meninas Blumenfeld já tinham escapado por pouco de algumas invasões de cossacos, escondidas num minúsculo e fedorento anexo da fossa da casa da família, e sabiam bem dos horrores que sucediam. Elas e as amigas sonhavam um dia ter a oportunidade de conhecer a América.

Sandra fez outra pausa, tomou mais um gole e continuou:

– Solomon e Rebeca Blumenfeld tinham três filhas, e Rifca era a mais velha, seguida por uma escadinha:

Esther, um ano mais nova e, por último, Raquel. Quando Rifca tinha 15 anos, Rebeca adoeceu subitamente e faleceu apenas duas semanas depois. Passado o primeiro choque, Solomon procurou por outra esposa. Apesar dos esforços da casamenteira Seidele, somente dois anos mais tarde quando Mordecai, o padeiro, faleceu, a viúva dele, Miriam, surgiu como possível e única candidata. De uma só vez a família cresceu – Miriam contribuiu com mais dois filhos do primeiro casamento. Naquela mesma época, aconteceu um fato na pequena aldeia que mexeu com a vida de quase todos os habitantes. Conta minha mãe que uma sexta-feira especialmente fria e cinzenta do outono polonês, com todos se preparando para ir à sinagoga, uma charrete puxada por dois esplêndidos cavalos parou na pequena praça central e dela desceram dois elegantes jovens. A charrete estava suja de lama e os cavalos, exaustos, mas os dois jovens, impecáveis e bem-vestidos. Um pouco mais tarde, na saída da sinagoga, a conversa de todo mundo era que os dois elegantes rapazes eram judeus, prósperos comerciantes de Buenos Aires, e procuravam jovens donzelas para casar. Seidele, a casamenteira, quase foi à loucura! Começou a preparar uma lista com os nomes de garotas entre 15 e 22 anos. Como manda a tradição e os bons costumes, os visitantes procuraram Rabi Zalman, apresentaram-se em iídiche perfeito e mostraram seus documentos. Não, a intenção deles não era procurar esposas, mas mulheres jovens para trabalhar como governantas nas casas de judeus ricos na distante Argentina. Negócios à parte, sim, eram solteiros, com as melhores intenções e gostariam de encontrar donzelas bonitas e virtuosas para eventual casamento. Naqueles tempos, a Argentina era um país rico e um dos destinos preferidos dos judeus que fugiam em massa do Leste Europeu e dos pogroms na Polônia e Rússia. Nessa fuga desesperada, frequentemente os perigos eram menosprezados e a prudência era deixada em segundo plano. Como em muitos outros *shtetls*, todo mundo acreditou piamente na história que prometia uma vida melhor na distante América do Sul. Uma vez estabelecida naquele paraíso, a filha poderia ajudar a família toda a sair da Polônia. Para fazer a história mais curta, apesar da resistência do Rabi Zalman, dias mais tarde Rifca se casou com um dos visitantes ilustres em *stille chuppah*, casamento rápido e improvisado sem a presença do rabino. Duas semanas após a chegada triunfal, os dois simpáticos rapazes saíram da aldeia junto com a feliz noiva e mais outras garotas em direção ao porto de Marselha.

– Zwi Migdal! – exclamou Licco horrorizado. – Já li e escutei muitas coisas sobre esta máfia vergonhosa. Eram judeus mafiosos, que atraíram centenas de jovens judias com promessas de casamento ou então de trabalho bem remunerado nas Américas, entre 1860 e 1939. Analfabetas, sem dinheiro, sem falar a língua, sem amigos nem esperança, eram obrigadas a se prostituir ainda no navio. Ainda virgens, muitas delas eram estupradas e espancadas – verdadeiras escravas. Para se ter uma ideia da degradação à qual essas moças eram submetidas, a caçada por novas recrutas era chamada de remonta, termo emprestado do comércio de cavalos na Argentina.

– Bem informado como sempre, Licco. Minha mãe foi uma dessas mulheres infelizes: uma polaca. Uma polaca polonesa!

– Ouvi falar da presença delas na Amazônia. Se não me engano, chegaram a fazer doações à sinagoga de Manaus naquela época, mesmo não podendo entrar nela – Licco retrucou.

– A maior parte delas ficou na Argentina, conta minha mãe. Existia um enorme desequilíbrio naquele país no final do século XIX: quase dez homens para cada mulher, então o tráfico era altamente lucrativo. Mas também no Brasil a máfia Zwi Migdal era atuante. Havia polacas em Porto Alegre, Santos, São Paulo, Rio de Janeiro, Belém e Manaus. No início do século XX, Manaus e Belém eram cidades riquíssimas e de grande demanda nesse mercado.

Licco lembrou um fato marcante – em Buenos Aires e no Rio de Janeiro, as polacas tinham fundado suas próprias sinagogas e associações para conseguirem seguir as tradições e se manterem judias. Como não eram aceitas pela sociedade, não poderiam frequentar as sinagogas tradicionais nem ser enterradas em cemitérios judaicos. Prova disso é o Cemitério de Inhaúma, no Rio de Janeiro, onde se encontram centenas de lápides tanto de polacas, como de alguns poucos cafetões. Não sendo aceitas pela sociedade nem quando mortas, tinham fundado a Associação Beneficente Funerária e Religiosa Israelita exatamente para ter um fim digno, mesmo depois de uma vida miserável.

– Muita gente associa os judeus a riqueza, bancos e instituições financeiras, pedras preciosas e joias caras, mas na verdade, ao longo de mais de 5 mil anos nenhum outro povo acumulou mais experiências de miséria, escravidão, pogroms, preconceitos raciais e ódio, inquisição e Holocausto. Somos um povo que, ao longo da história, foi obrigado a chorar muito. Por isso o provérbio: as lágrimas secam, mas o sal fica! E não foi pouco sal! Em resposta às perseguições e à vida dura, fomos obrigados a estudar e a nos dedicar ao trabalho cada vez mais. Por isso nos destacamos como médicos, filósofos, atores, cineastas, pintores, músicos, escritores, homens de negócios e cientistas. Olhe os prêmios Nobel: quase um quinto dos ganhadores é de origem judaica! Antes de mais nada, isso é resultado de muito trabalho e sacrifício – ponderou Licco.

– A história da minha mãe está longe de terminar. Ela ainda descreve com minúcias a chegada de quase 20 garotas judias em Manaus em 1906. Lista os nomes originais de todas elas e os novos nomes adotados no Brasil. Depois, conta dos primeiros tempos e da adaptação na quente e úmida Amazônia. Narra a fantástica história do rabino Shalom Muyal, que morreu em Manaus em 1910 e é venerado como santo pela população local, que procura seu túmulo em busca de milagres até hoje. Usando nomes diferentes para não ser reconhecida, relata seu namoro com o jovem e pobre Ancelmo Melo e como durante longos anos custeou seus estudos até ele se formar na Faculdade de Medicina do Pará. Não fosse pelo final feliz, teria sido mais um caso de mulher apaixonada que se sacrifica pelo homem amado. Doutor Melo retornou a Manaus e, por gratidão ou por amor, ou por ambos, casou-se com a polaca Rifca, que àquela altura se chamava Tamara.

– O feliz casal se mudou para a cidade de Itacoatiara, onde ela não era conhecida e lá tiveram vida bastante pacata. Dona Tamara tornou-se grande dama da sociedade local, católica como seu esposo, fazia filantropia e contribuía generosamente para a igreja. O casal não conseguia ter filhos, mas, em 1925, aconteceu uma coisa extraordinária. Um dia, desembarcou no porto de Itacoatiara uma mulher jovem e elegante carregando um bebê com poucos dias de vida. A recém-chegada Sara Rosales, polaca conhecida em Manaus, dirigiu-se à casa do médico Ancelmo Melo e quando, no dia seguinte, voltou ao porto para a viagem de retorno a Manaus, a criança já não estava mais com ela. Aquela criança, amigo Licco, era eu. Sara Rosales é o nome de minha mãe verdadeira – a voz saía com dificuldade, as lágrimas, não...

– Que história fantástica! Ouvi falar muito de outra polaca, Lola, dona de uma pensão muito famosa em Manaus no auge da borracha, que criava as crianças de suas discípulas numa creche longe do prostíbulo. Naqueles tempos, não existiam meios contraceptivos eficientes e era inevitável que as pobres criaturas tivessem filhos, muitas vezes de pais desconhecidos. Contam que, na hora da morte, Lola procurou reencontrar o judaísmo e deixou todos os bens para a comunidade. Em troca, pediu enterro com direito a Chevra Kadisha e sepultura judaica. Já que não pôde ser judia em vida, insistia em sê-lo depois de morta.

Já recomposta, Sandra sorriu:

– De onde você acha que vem o nome do meu negócio aqui no garimpo, Casa da Lola?

A viagem para Porto Velho demorou várias horas. Oleg dirigia com muito cuidado, a estrada era perigosa e em alguns trechos muito escorregadia. O asfalto só apareceu quando chegaram mais perto da cidade. Quase não conversaram – cada um tinha suas próprias preocupações. Oleg carregava a despesca de vários dias e tinha pressa de se desfazer do ouro o mais rápido possível – os outros passageiros nem suspeitavam do perigo que estavam correndo. David, que nunca antes tinha ouvido falar na máfia Zwi Migdal, ainda tentava digerir a história de Tamara Melo. Maria, cheia de ansiedade, tentava imaginar a reação da Alice quando descobrisse que na conversa daquela noite se decidiria seu destino, e Licco não parava de pensar em Berta e seu eterno amigo Salvator. Agora que tinha de tomar algumas decisões importantes seria crucial saber a opinião deles.

Ainda precisaram esperar a balsa que cruza o rio Madeira para depois, finalmente na cidade, irem à casa onde moravam as filhas de Maria. Combinaram o encontro mais tarde, naquele mesmo dia. Maria desembarcou seus pertences e se despediu.

Licco e David não precisaram esperar muito. Exatamente na hora marcada, as três mulheres entraram no saguão do hotel Vila Rica. Oleg tinha saído para vender o ouro dos últimos dias e ainda não havia voltado. Sem ele, Licco não gostaria de iniciar a conversa.

Por enquanto, só queria conhecer as meninas. Não era difícil adivinhar quem era Lídia – os mesmos olhos verdes, a mesma figura esbelta, até a voz era parecida. Alice era completamente diferente: os olhos eram de uma cor difícil de definir, era mais baixinha e dava a impressão de ser frágil e indefesa. Então David disse alguma coisa em ladino, só que em português a frase soou engraçada e todos riram. Incrédulo, Licco notou na face de Alice as mesmas covinhas que o tinham encantado no rosto da Berta mais de quarenta anos antes, no trem para Istambul.

– Inacreditável! Mesmo sem nenhum parentesco Alice é espantosamente parecida com Berta na juventude, e Lídia é toda a mãe dela.

Naquele jantar decisivo e tenso, a refeição era o que menos interessava. Quando Oleg finalmente chegou, pediram a comida no restaurante do hotel, que estava quase vazio, trocaram algumas amenidades e chegou a hora do assunto que todos esperavam ansiosos. Maria estava visivelmente tensa, mas Alice e Lídia pareciam bem à vontade. Licco tomou a iniciativa:

– Primeiro quero expressar minha satisfação em desfrutar da companhia de três mulheres *hermosas*, como diria David. Segundo, antes de nossa conversa iniciar, quero deixar bem claro que temos de encontrar uma saída que agrade à principal interessada, Alice.

Visivelmente ansiosa, Maria quis logo falar:

– Alice, Lídia e eu conversamos hoje à tarde. Alice prefere que as coisas continuem como estão. Não quer mexer em nada.

Com voz calma e firme, Alice explicou:

– Durante vinte anos Maria foi minha mãe e só Deus sabe por quantas privações ela passou para nos criar. Quase não me lembro de meus pais. A única coisa que ficou deles são os livros de reza em hebraico, que nem consigo ler, e um único livro em português que se chama *A ética dos pais*. Ao longo dos meus 23 anos, embora creia em Deus, não tenho seguido formalmente nenhuma religião. Seja como for, eu sou filha de Maria. Isaías e Lídia são meus irmãos.

Licco estava escutando sem falar uma só palavra. Como num filme, assistia àquela menina declarar seu amor pela mãe e pelos irmãos. Sentiu David e Oleg tomados de emoção e percebeu Maria segurando as lágrimas.

Nem vou falar com Sara, pensou Licco. Apesar das dúvidas de Maria, essas três mulheres são felizes e não há nada que possa ser feito. Se Berta e Salvator estivessem comigo, iriam concordar! Então, ouviu Oleg dizer:

– Posso ajudá-la a aprender um pouco sobre a religião e as tradições judaicas. Elas espelham o maior bem que possuímos: a experiência cultural acumulada durante 5 mil anos. Você tem direito a esse patrimônio.

– Onde? No garimpo? Não gosto, não suporto aquele modo de vida e gostaria muito de tirar minha mãe de lá.

Licco quase bateu palmas. A menina, frágil e vulnerável à primeira vista, estava segura. Dona de si, desafiava Oleg com a maior naturalidade. Ele finalmente tinha encontrado uma mulher à sua altura.

– Venho na próxima sexta a Porto Velho. Sempre tem celebração de Shabat na casa de uns amigos e gostaria de levá-la para conhecer um pouco mais de nossos costumes – Oleg cedeu surpreendentemente fácil.

— Com a maior satisfação! Só lembre que sou Alice Antunes, bicho do mato do rio Abunã, filha de Maria Bonita e neta do boto dos olhos verdes — disse com orgulho e, de novo, Licco sentiu vontade de aplaudir.

A conversa tinha terminado. Oleg foi deixar as três mulheres em casa e os dois irmãos se sentaram no bar do hotel.

— Vou tomar uma taça de champanhe. Acho que Oleg achou sua mestra! — exclamou David. — Fiquei absolutamente encantado com Alice e acho que ele também.

— Gostei das duas meninas! Lídia mais parece uma modelo e Alice lembra Berta na juventude; parece que os olhos dela têm luz própria. Sabe bem o que quer, e vou rezar para que inclua meu sobrinho na lista. David, você precisa de netos com urgência! — Os irmãos riram descontraídos.

— Parece que o problema de Maria Bonita está resolvido mais rápido e melhor do que podíamos esperar. Vamos torcer para que em pouco tempo Alice consiga resolver o nosso!

A guerra da prainha

No início da semana, após várias horas ininterruptas de mandada e despesca, toda a equipe se deu conta de que algo bastante diferente estava acontecendo. O motor foi desligado, começou a batida dos carpetes e imediatamente deu para perceber uma grande abundância de pequenas fagulhas de metal. Garimpeiros experientes, sabiam que tinham acertado em cheio e a produção seria excepcional. Diferentemente de outros lugares, onde o ouro se encontra em forma de pepitas, no rio Madeira reinam as minúsculas partículas do metal misturadas a outros minerais. A solução é adicionar mercúrio, que se gruda ao ouro e forma uma bola. Quando a bola é submetida a altas temperaturas, o mercúrio evapora rapidamente, deixando o ouro puro como produto final.

Naquele dia, a draga produziu espantosos quinhentos e sessenta gramas de ouro, e as borocas de todo mundo se encheram. As duas dragas menores – a do Cabeção e a do Chico Paraíba, que acompanhavam Oleg – também tiveram despesca muito produtiva. Na verdade, as dragas costumavam ficar agrupadas para se ajudar quando necessário, além de se protegerem dos bandidos, que costumavam assaltar as balsas mais vulneráveis.

Permaneceram no mesmo lugar por mais dois dias e continuaram bamburrando. No quarto dia, Moicano e Maria foram comprar combustível e provisões e, quando voltaram, no fim da tarde, Maria foi direto falar com Oleg.

– Dona Sandra pediu para avisar que fique com os olhos abertos. Um dos caboclos do Chico Paraíba foi passar umas horas na boate dela ontem à noite e espalhou a notícia de que estamos bamburrando. A essa altura dos acontecimentos, deve ter uma centena de dragas planejando prospecção na nossa área. Em mais dois ou três dias vamos ter bastante companhia! E uma das meninas ouviu de um cliente que a gangue dos bolivianos está na área do Palmeiral preparando um grande assalto. Dona Sandra teme que vá ser aqui conosco. Ainda mais agora, que todos sabem que estamos bamburrando. Ela está tão preocupada que vai mandar ainda hoje uma chata com munição e armas. Amorim também prometeu ajudar. Pediu a Gabriel para avisar a polícia. Mandei recado para Alice e Lídia de que não vamos visitá-las este final de semana.

Oleg sabia que tinha pouco tempo para preparar a defesa das dragas. Primeiro precisava avisar todo mundo que nos próximos dias não teriam folga – com bastante ouro nas borocas, alguns tripulantes estavam ansiosos para cair na noite, loucos para afogar as mágoas no colo de alguma cabocla fogosa. Com tanto ouro, não iriam faltar candidatas. Agora esses planos tinham de ser adiados.

A situação ainda era bastante favorável – os agressores contavam com o elemento surpresa e não poderiam imaginar que os verdadeiros surpreendidos seriam eles. Oleg tinha de elaborar um bom plano de ação e rezar para que os reforços chegassem logo. A primeira conversa foi com os líderes das outras balsas, Chico Paraíba e Cabeção, e todos na hora concordaram que, caso atacadas, as dragas precisavam ser defendidas. A outra opção era abandoná-las e esperar os acontecimentos. Não iria funcionar – os frustrados invasores iriam destruir todos os equipamentos ou simplesmente cortariam os cabos das poitas e deixariam as dragas flutuarem livres, até se espatifarem na próxima corredeira. Seria um prejuízo enorme! Por outro lado, precisavam urgentemente de reforços – Oleg dispunha de pouca gente para uma defesa eficiente, somente doze homens e três mulheres.

Ficou combinado que, a partir daquele momento, dois homens ficariam de sentinela o tempo todo. Ao escurecer, duas voadeiras permaneceriam paradas a alguma distância dos flutuantes, tentando enxergar possíveis intrusos na escuridão. Era importante, porque o ronco dos motores era ensurdecedor, e de dentro do flutuante não se ouviria nada e não se saberia a tempo se alguém com más intenções se aproximasse. Era crucial que todos os equipamentos continuassem funcionando, aparentando total normalidade. Outra tarefa urgente: em vez de devolver o cascalho ao rio, poderiam utilizá-lo para construir pequenas barricadas, oferecendo proteção adicional para os ocupantes das dragas. Restava rezar para que o assalto não fosse naquela mesma noite, antes da chegada de reforços.

Oleg sabia que em tão pouco tempo não podia esperar muita ajuda da polícia mal aparelhada e mal treinada do novo Estado, mas era importante que fosse advertida. Nesse sentido, a cooperação de Gabriel era muito bem-vinda. O aviso ajudaria na posterior explicação do episódio, especialmente se houvesse mortos.

A noite foi longa, mas tranquila – mesmo assim ninguém conseguiu dormir. Com a primeira luz, munido de binóculo, Oleg começou a acompanhar o movimento de barcos na proximidade e estudou cuidadosamente a beira do rio. Aquele lugar era conhecido como Prainha, só que as águas do rio Madeira estavam subindo e a praia, que na seca era extensa, tinha desaparecido por completo. A possibilidade de ataque vindo da praia não parecia provável, mas não poderia ser descartada por completo. Voadeiras chatas poderiam se aproximar pelo lado da praia, sim. Então, Oleg decidiu colocar alguns atiradores no alto do barranco, escondidos no mato. De lá, teriam uma visão privilegiada – poderiam dar proteção no caso de ataque da praia e ainda fazer grande estrago nas forças agressoras de qualquer lado que viessem. Só faltava gente!

O mais provável era que o assalto acontecesse à noite, quando as dragas estivessem iluminadas e tudo em volta na escuridão. O invasor teria todas as vantagens – poderia chegar bem perto sem ser notado – o ronco das máquinas não permitiria ouvir qualquer barulho externo. Os defensores, por sua vez, estariam num lugar iluminado sem poder enxergar os intrusos, protegidos pela escuridão.

– Iluminação! Iluminação pode ser nossa salvação!

As dragas tinham faróis potentes, mas não seriam suficientes. Esse tipo de luz marítima pode ficar ligada só por um curto período, apenas para que o timoneiro se oriente. Depois tinha de ser desligada, para voltar a funcionar um pouco mais tarde. Outra solução se fazia necessária. Foi quando Maria Bonita lembrou um fato importante:

– Dona Sandra sempre tem estoque de fogos de artifício, usados no Réveillon, no Carnaval e no Sete de Setembro. Há pouco tempo acendeu alguns na inauguração do hotel. Assim atrai gente da fofoca inteira e as meninas faturam.

Era exatamente isso! Como ainda estava cedo, dava tempo de Moicano apanhar o estoque de fogos de artifício e voltar. Oleg também visitou a draga do Alemão, que ficava relativamente perto, contou o que estava acontecendo e pediu ajuda. Agora era só esperar e se comportar como de costume, como se ninguém imaginasse o assalto iminente.

O dia passou num piscar de olhos. Chegaram os primeiros reforços: dois leões de chácara de Sandra com um carregamento de armas e munição e, um pouco depois, para surpresa geral, Roberto, o professor de história medieval, acompanhado de três caboclos.

– Onde está a armadura, amigo? – Oleg perguntou em tom de brincadeira.

– Tem uma para você também – Roberto retribuiu no mesmo tom e mostrou no fundo da canoa um amontoado de coletes à prova de bala.

As dragas de Alemão e seus acompanhantes não poderiam se deslocar rapidamente e não chegariam a tempo, por isso uma canoa com dois homens bem armados foi destacada para ajuda imediata. No final da tarde, do segundo andar da draga escariante, munido de binóculo, Oleg acompanhava com crescente preocupação o movimento de chatas do outro lado do rio, que naquele dia era visivelmente maior. Mais de dez canoas estavam se posicionando por ali e devia ter outras que não conseguia enxergar.

– Sandra tem razão. Vai ser aqui e vai ser essa noite – pensou. Pelo movimento de chatas, devem ser pelo menos trinta pistoleiros. Esperam enfrentar no máximo quinze e contam ainda com o elemento surpresa. Surpresa é o que vão ter!

No fim da tarde, distribuiu sua tropa, então com vinte homens e três mulheres. A cada um foi designada uma tarefa específica. Os fogos de artifício foram divididos em três partes – uma bateria no nível da água, escondida no mato numa enseada próxima; outra no topo do barranco; e uma maior no segundo andar da draga escariante. De cima do barranco, as três mulheres e Roberto tinham de manejar os rojões e disparar rajadas como se ali tivesse um verdadeiro batalhão. Ainda em terra, escondidos na enseada, ficavam dois homens com ordem expressa de, assim que ouvissem o primeiro tiro, atirar os rojões na direção dos invasores. A precisa execução das tarefas era de vital importância e poderia influenciar de forma decisiva o resultado da batalha. Os atiradores, principalmente os do segundo andar da draga, levariam uma grande vantagem se os alvos fossem bem iluminados. As barricadas de cascalho estavam prontas, tinha uma até no segundo andar. O cenário estava armado. Os minutos passavam devagar e, na escuridão completa, pareciam uma eternidade. Se alguém ali até então não conhecia a ansiedade, o sentimento passava a ser amigo íntimo de todos.

Até meia-noite nada aconteceu. Nuvens carregadas não deixavam transparecer nenhuma luz no céu. Então, por volta de duas horas da manhã, um tiro soou do alto do barranco e um rojão rasgou o céu. No mesmo instante, os motores das dragas silenciaram, as luzes internas foram apagadas e os holofotes brilharam ao mesmo tempo. Uma bateria de fogos de artifício coloriu as águas barrentas do rio Madeira. Parecia uma explosão de luz. Depois, uma saraivada de rajadas de armas de fogo das mais variadas, vindas de todas as direções. Naquele breve período, deu para ver claramente uma dezena de voadeiras que, em marcha lenta, avançavam em direção às dragas. De repente, os papéis estavam invertidos: as dragas estavam na escuridão e as voadeiras, iluminadas – alvos fáceis! Surpreendidas, algumas ainda conseguiram mudar de direção e se abrigar na segurança da noite escura, mas outras estavam muito perto e não tiveram tempo de fugir. Para agravar a confusão, uma chata, cujo timoneiro tinha sido atingido em cheio e caído na água, ficou rodando em volta de si, completamente desgovernada, bateu em outra e as duas cuspiram seus ocupantes na água. Antes de entender direito o que tinha acontecido, os cinco pistoleiros foram dominados e amarrados.

Seguiu-se um silêncio prolongado. Depois, alguém de cima do barranco soltou um último fogo de artifício, só que dessa vez comemorando a vitória. A Guerra da Prainha tinha terminado.

Mais tarde, naquele dia, alguns quilômetros rio abaixo, boiaram mais quatro corpos de pistoleiros mortos. Amorim se propôs a resgatar os corpos após a vistoria da polícia e os enterrar. Mas, durante a noite, alguém, provavelmente incomodado pelo cheiro dos defuntos em decomposição, empurrou os corpos de volta para a corrente forte e eles desapareceram na espuma das corredeiras.

A polícia só chegou dois dias mais tarde, quando as armas já estavam escondidas e só apareceram algumas velhas espingardas para apresentar. O delegado, cansado de ouvir histórias fantasiosas, perguntou muito pouco, levou os cinco presos e o cadáver do timoneiro morto.

– Que bolivianos, que nada! São brasileiros mesmo. O morto eu conheço: é o tal do Gordo – o delegado confirmou antes de partir.

O Gordo, proprietário de dragas no garimpo do Jirau, era uma figura conhecida. Muitos garimpeiros o acusavam de ser líder dos bandidos e de financiar assaltos a outras dragas, mas nada nunca tinha sido comprovado. Agora não havia mais dúvidas. Oleg lembrou-se do encontro com um homem gordo quando ele e Gabriel tinham caído numa tocaia na estrada de Porto Velho. Provavelmente havia sido aquele mesmo bandido, mas não dava para ter certeza.

Se Russo já era conhecido e respeitado antes da Guerra da Prainha, agora a fama dele se espalhou de vez pelas fofocas. Os garimpeiros rudes reverenciavam o homem que tinha desafiado um inimigo muito mais numeroso e tinha vencido sem perder um só dos seus.

Atribuíam a vitória às qualidades dele de comandante, à sua experiência de oficial do Exército de Israel, e largamente exageravam o tamanho do enfrentamento. Era possível que Oleg tivesse se tornado o homem mais conhecido e respeitado não só do Palmeiral, mas de todo o garimpo do rio Madeira.

– Senhor Russo, agora não temos mais desculpas. Alice e Lídia vão nos esperar este final de semana – lembrou Maria.

Oleg e Alice

Oleg e Maria chegaram a Porto Velho depois de uma longa e exaustiva viagem, toda ela no meio de uma chuva fortíssima, que transformara a estrada em lamaçal. As palavras não fluíram entre eles, havia a tensão do temporal, mas era mesmo como se cada um estivesse perdido nos próprios pensamentos. Oleg estava seriamente preocupado – não apenas precisava trocar os quase dois quilos de ouro das últimas despescas e depositar o dinheiro, mas ainda encontrar alguma aplicação que preservasse o valor de tanto esforço. Não sabia se temia mais os ladrões ou um investimento bancário mal feito.

Quando Maria o convidou para tomar um café antes de se dirigir ao hotel, Oleg pareceu acordar de um sono profundo. Aceitou o convite e ficou muito surpreso quando se deu conta de que a casa era muito bem localizada, grande e confortável – parecia incompatível com os ganhos de uma cozinheira do garimpo. Alice e Lídia tinham cada uma seu próprio quarto e Camila, uma adolescente dócil e bem-humorada, que ele até então não conhecia, também tinha o seu.

– Não sabia que você tinha mais uma filha, Maria. – Oleg realmente estava surpreso.

– Camila não é minha filha, mas para mim é como se fosse – Maria retrucou sem dar maiores explicações. – Essa noite ela vai dormir comigo e você vai ficar no quarto dela. Já é muito tarde para andar na rua com tanto ouro.

Não tinha como recusar o convite. Na verdade, Oleg adorou a oportunidade – a comida prometia ser deliciosa e ele era o centro das atenções. Não faltava assunto: Maria e as meninas queriam saber mais sobre ele. Choveram perguntas. No início estava hesitante, mas depois, mais seguro de si, contou da infância feliz na Bulgária, da Guerra Fria, da separação dos pais e da condenação injusta de David, acusado de traição e espionagem pelo governo comunista que tinha ajudado construir. Descreveu os anos difíceis que se seguiram à prisão do pai e a fuga cinematográfica da Cortina de Ferro, com ajuda de Licco e Berta, além da acolhida em Israel, os tensos anos no Exército e finalmente a chegada ao Brasil.

Quando o relato dele terminou, seguiu-se um curto silêncio.

– Pensei que nós tínhamos passado por muitas privações, mas vejo que você não fica atrás! – agora Maria estava enxergando em seu chefe um homem completamente diferente.

– Só não entendo o porquê de sua ida ao garimpo. Poderia explicar? – Alice queria saber.

– Nem eu sei bem. Acho que queria provar para todos, e principalmente para mim mesmo, que poderia ganhar a vida sem a ajuda de ninguém.

– Tem tanta coisa melhor que um homem tão bem preparado pode fazer! – insistiu.

– Posso não ter ganhado muito dinheiro no garimpo, mas ele foi o responsável por ter conhecido vocês – Oleg tentou uma saída honrosa.

– Soubemos da tal Guerra da Prainha. Aquilo foi uma loucura! Nem mamãe nem você deveriam ter se metido numa coisa dessas! Poderiam ter morrido! – Lídia estava indignada.

– Ainda bem que não aconteceu enquanto meu pai e meu tio estavam aqui – concordou Oleg. – Depois desse episódio, tenho pensado muito. Acho que o fim do garimpo está próximo. Agora que ainda estamos bamburrando é uma boa hora para vender a draga. Acredito que o Alemão compraria minha draga se eu fizesse um bom preço. O ouro está ficando cada vez mais escasso, muitas dragas tiram só cinquenta ou sessenta gramas de ouro a cada despesca, mas pelos meus cálculos, para se manter economicamente viável, teriam de produzir perto de 150 gramas. Entre dragas e balsas há mais de mil flutuantes em operação neste momento.

– Caso o senhor venda sua draga, também não vou ficar no garimpo! – Maria exclamou. – Talvez possa voltar para o Restaurante da Lola. Ainda não concluí minha tarefa. Alice começa a trabalhar na Secretaria da Fazenda este mês e vai poder ajudar, mas Isaías e Lídia vão precisar de mim por mais algum tempo.

Seguiu-se uma animada discussão e, no final, Alice perguntou:

– Senhor Oleg, seu convite ainda está de pé? Amanhã vai ter jantar de Shabat?

– É claro, só preciso confirmar onde vai ser. Aqui há poucas famílias judias, que costumam passar o Shabat juntas. Quando trabalhava na Berimex em Porto Velho, conheci as famílias Benesby, Querub e Bensabá, que sempre me convidavam. Tenho certeza de que ainda sou bem-vindo e adoraria ter você como companhia.

As semanas seguintes foram de intensa movimentação. Oleg ia ao Palmeiral na segunda-feira de manhã e voltava no final da semana. Uma vez decidido a vender a draga, ele a ofereceu para o Alemão e outros possíveis compradores. Mas a venda se revelou mais complicada do que o esperado. Depois de algumas semanas de boas despescas, a produção caiu muito e, com isso, desabou também o apetite do Alemão para compra. Estava ficando cada vez mais complicado garimpar: de um lado a produção baixa; de outro, as investidas do poder público, que restringia a atividade cada vez mais. Quando as águas começaram a chegar ao seu máximo no início de abril e a produção foi interrompida, como acontece em todos os anos nessa época, Alemão finalmente se animou e ofereceu os mesmos sete quilos que Oleg tinha pagado à Sandra. Se fosse considerar todos os investimentos adicionais, o preço oferecido não era compensador, mas, mesmo assim, o negócio foi fechado e a draga, entregue a seu novo proprietário. A tripulação continuou a mesma, apenas Maria saiu. Na última noite, na despedida do garimpo, Oleg se hospedou no Hotel de Lola. Como esperava, foi convidado por Sandra e subiu para o segundo andar no elevador de castanha.

– Esta noite é especial, Russo. Nesta tua despedida, você vai jantar na companhia de quatro mulheres – ouviu de Sandra quando ainda nem tinha deixado o elevador.

Em volta da mesa grande estavam, além de Sandra, Mariana, Maria Bonita e, para surpresa de Oleg, a pequena Camila.

– Conheço todas, só não esperava encontrar aqui minha amiga Camila.

– Pensei que Maria tinha contado. Aqui Camila está na casa da mãe e da avó. Ela é minha neta, filha de Mariana – Oleg de fato foi surpreendido por aquela revelação de Sandra.

– Não contei porque preferi que a senhora contasse – respondeu Maria. – Além disso, não tenho tido muita oportunidade de falar com Russo – depois, em tom de brincadeira, Maria continuou – Sei que Russo está muito preocupado com a educação religiosa de Alice, mas acho que está demorando demais para perceber que minha filha está apaixonada por ele. Os homens têm pressa demais ou de menos. Vinte e cinco anos atrás, Adriano também demorou tanto para me enxergar, e eu já não aguentava mais esperar! Fiquei igual jaguatirica enjaulada!

– Jaguatirica no cio – completou Sandra. – Nosso amigo Amorim conta que só algumas poucas coisas não podem ser impedidas de jeito nenhum: a subida das labaredas, a descida da água e a mulher quando quer dar.

Todos riram, e Oleg ficou surpreso com a naturalidade com que Maria falou sobre sua vida. No garimpo, tinha sido sempre muito reservada, e era conhecida por sempre levantar uma barreira entre ela e as outras pessoas. Era uma maneira de se proteger do assédio dos homens que a cercavam.

– Agora que vendi a draga e estou me despedindo do Palmeiral, posso pensar de novo em minha vida pessoal. Realmente, dona Sandra, não fazia ideia de que Camila era sua neta. Agora sei de onde vêm os olhos azuis.

– Russo, não tente desconversar. Estamos falando de Alice. Você gosta dela? – Sandra queria saber.

– Gosto muito. Até onde posso, vou ajudá-la a conhecer a religião de seus pais. Mas, por enquanto, é só. Ainda não sei o que vou fazer daqui para frente e não quero me precipitar.

– Pelo que estou vendo, nosso deus grego está tímido, indeciso e um pouco cego. Quem sabe, de Shabat em Shabat, as coisas evoluam. Maria e Lídia estão empenhadas na torcida, e todas juntas vamos desencalhar vocês. – Sandra estava se divertindo. De repente, ela mudou a conversa: – Temo que em poucos anos todos teremos de ir embora daqui. As autoridades querem fechar os garimpos, que trazem todo o tipo de problemas. O custo ambiental é alto e a criminalidade está ficando fora de controle. No dia que faltar trabalho a Tico-Tico e Dalva Motosserra, vou fechar as Casas da Lola, tanto aqui quanto no Teotônio. Minha casa em Porto Velho vai ficar pequena para tanta gente, mas vamos dar um jeito. Quem sabe possa abrir um restaurante na cidade? Com uma cozinheira como Maria Bonita vamos ter sucesso. Ou talvez resolva me aposentar – Sandra surpreendeu todos.

Então era isso. Aquela casa grande e confortável era de Sandra, não de Maria. Alice e Lídia estavam criando a pequena Camila. Fazia sentido. A ligação existente entre Sandra e Maria era, na verdade, muito maior que Oleg poderia imaginar. Era um vínculo de amizade, mas também de cooperação e confiança. No estranho mundo do garimpo existiam relacionamentos de todos os jeitos: lindos como esse ou parte de outra realidade – feia, em que não havia lugar para ética, moral nem compaixão.

As palavras de Maria Bonita o pegaram de surpresa. Até então, o relacionamento com Alice tinha sido de amizade e alguma curiosidade, um querendo conhecer o outro melhor. Logo que foram apresentados, Alice levantou uma barreira entre eles e deu a entender que tinha compromisso com alguém. Ele não tinha perguntado mais nada, ainda mais por que ela era bem mais jovem – mal tinha completado 23 anos. Oleg, por sua vez, tinha um caso de vários anos. Nada muito sério – um relacionamento de conveniência. Ana Lúcia, uma mulher bonita nos seus 30 anos, divorciada e com dois filhos do malogrado casamento. Conheceram-se alguns anos antes, quando Oleg ainda era gerente da Berimex em Rondônia e, desde então, nos raros finais de semana que ele passava em Porto Velho, a simpatia mútua e a atração física sempre os levavam à cama redonda do motel mais confortável da cidade. Não esperavam muito um do outro – só compreensão, um bom papo e algumas horas de relaxamento, que aliviavam as tensões de cada um e faziam bem a ambos. Depois daquele primeiro jantar na casa da Maria, não tinha mais procurado Ana Lúcia. Tinha preferido os jantares de Shabat com Alice. Estaria ele atraído pela menina dos olhos grandes de cor indefinida e as covinhas que apareciam cada vez que sorria? Será que além da compaixão e simpatia sentia mais alguma coisa? Maria Bonita tinha dado a entender que Alice o queria, mas ele não tinha tanta certeza. Precisava colocar a cabeça no lugar, afinal, aos 40 anos estava começando uma nova vida.

– Você pode dar uma carona para mim e para a Camila amanhã? – Maria Bonita perguntou.

– É claro – retrucou. – Só vou me despedir de Amorim e depois podemos ir.

No final de semana seguinte não houve nenhum jantar de Shabat na pequena comunidade de Porto Velho. A filha de um dos secretários de Governo estava se casando e muitos tinham sido convidados para a festa, outros estavam viajando e alguns tinham ido pescar. Naquela sexta-feira, Oleg chegou à casa de Maria Bonita mais cedo que normalmente e esbarrou em Lídia e Camila saindo de casa. Pegas de surpresa, explicaram que, como estava passando um bom filme, tinham muita pressa em chegar ao cinema, mas Alice tinha preferido esperá-lo para jantar. Teve a nítida impressão de que as três mulheres estavam tramando algo, tamanho o ar de cumplicidade que não conseguiam esconder. Entrou na casa e se deparou com velas acesas, uma mesa para dois, dois pães *challah* e uma garrafa de vinho.

Assim aconteceu o primeiro Shabat e o primeiro encontro do Oleg e Alice a sós.

No início, ambos estavam tensos e a conversa não fluía.

"Não sei por que, de repente, fiquei parecido com um adolescente que sai pela primeira vez com a namorada", pensou. "Não me vem nada à cabeça!"

Então Alice o surpreendeu:

— Esse jantar é um complô armado pela minha mãe e minha irmã, que primeiro aprontaram a comida e depois inventaram de sair. Só quero que saiba que sou tão vítima quanto você – disse e não conseguiu segurar um sorriso matreiro.

Isso quebrou o gelo e a conversa ficou mais descontraída. Ela quis saber quais eram os planos de Oleg para o futuro. Medindo as palavras, ele explicou que, pelo menos naquele momento, só queria começar uma vida nova. Tinha terminado um relacionamento antigo de três anos e ainda não sabia se ficaria em Rondônia ou iria para Manaus ou, quem sabe, passaria algum tempo em Israel com o pai e o irmão.

Alice queria saber muito mais – para começar, do que dependeria a escolha. Por algum tempo, não houve resposta, como se ele não conseguisse achar as palavras adequadas. Resolveu passar adiante e perguntou dos planos dela.

Alice quis frisar que provisoriamente estava empregada na administração do recém-criado Estado de Rondônia. Por um instante ficaram em silêncio e depois, bem baixinho, quase sussurrando, ela completou:

— Também acabei de sair de um relacionamento que não tinha futuro.

Então Oleg juntou coragem e, meio encabulado, perguntou:

— Eu teria alguma chance contigo, Alice?

Antes de soltar qualquer palavra, ela sorriu e as covinhas apareceram.

— Se não tivesse eu não estaria aqui. Só não sei se você aguenta uma jaguatirica tão perto de você.

Quando Maria, Lídia e Camila voltaram do cinema, não tinha ninguém na casa. Só acharam na mesa um pequeno bilhete: "Vou atrás da felicidade!", Alice tinha escrito.

Maria sorriu e exclamou:
– O filme foi ruim, mas como valeu!

Quando chegaram ao hotel, ela estava nervosa. Timidamente se escondia atrás de Oleg, como se todos os olhares estivessem concentrados neles. Subiram apressados, e ela só relaxou quando ele trancou a porta. Entre as quatro paredes, a timidez evaporou, o sorriso se instalou de novo em seu rosto e, sem pudor nem remorsos, com completa naturalidade, se entregaram um ao outro. No calor do desejo mal contido, não houve tempo nem necessidade de jogos e longos preparativos. Impacientes, cada um procurou satisfazer e desfrutar de igual prazer – ao mesmo tempo usar e ser usado. Por isso a noite foi tão sublime.

Deitado na escuridão, Oleg não conseguia adormecer. De vez em quando, passava um carro na rua e um pouco de luz penetrava pela janela. Alice dormia tranquila e serena; só então, aproveitando a pouca luz dos faróis, ele conseguiu contemplar o corpo dela completamente nu – tinham permanecido grudados um ao outro todo aquele tempo. A intensidade tinha sido tamanha que ambos estavam exauridos. Quando um pensava não ter mais forças e energia, o outro lhe transmitia um pouco das suas em um jogo delicioso, que não queriam que terminasse nunca. Até que ela adormeceu nos braços de Oleg, ainda entrelaçada ao corpo dele, do qual não queria se separar.

Mais um automóvel passou na frente do hotel e novamente a luz invadiu o quarto e ofereceu outro panorama do corpo de Alice, agora por um ângulo diferente. Relaxada, ela tinha mudado de posição, e ele podia ver os seios pequenos e firmes.

"Cabem bem nas minhas mãos", pensou. Alice não era alta, mas tinha o corpo esguio, proporcional e bem distribuído, cintura tão fina que parecia que iria quebrar. Um sentimento de ternura por aquela menina frágil o invadiu; Oleg sentiu uma imensa tranquilidade se espalhar pelo seu corpo e com a paz veio o sono.

Ainda lhe passou pela cabeça que os olhos dela, que ora mostravam nuances de cinza e azul, ora de verde e amarelo, eram mais parecidos com olhos de gato. Ou seriam olhos de jaguatirica?

Destinos

Os reflexos da agonia lenta dos garimpos do rio Madeira foram sentidos na economia de Rondônia e ainda mais na cidade de Porto Velho. Uma atrás da outra, as dragas, tristes lembranças dos anos de abundância, foram abandonadas, formando verdadeiros cemitérios de ferro velho ao longo dos barrancos. Por algum tempo, a economia local ficou totalmente dependente dos salários do funcionalismo público e das ações dos governos federal e estadual.

Dois anos tinham se passado desde que Sandra Reis fechara as outrora gloriosas Casa da Lola e os bordéis flutuantes em Palmeiral e Teotônio e havia mudado para Porto Velho. Passou a morar na grande casa da cidade, junto com a filha Mariana e a neta Camila, agora moça de 16 anos. Na mesma época, Amorim tinha fechado a oficina e abandonado o garimpo. Renato e ele foram morar na fazenda da família na BR-364, não muito longe da cidade. Além do gado e da plantação de cacau, a fazenda tinha outra atividade promissora. A piscicultura estava crescendo e prometia se tornar uma alternativa econômica importante para aquela região. Os filhos de Amorim tinham percebido a imensa potencialidade do novo negócio e aproveitaram os lagos naturais da fazenda, transformando-os em enormes tanques para a criação de peixes.

O agronegócio avançava nas terras férteis de Rondônia e abria novos horizontes e perspectivas para uma economia muito mais sólida e duradora. Na época áurea dos garimpos, muitos tinham conseguido ganhar dinheiro, mas o sucesso havia sido efêmero. Na teimosa insistência de permanecer no negócio, muitos garimpeiros de sucesso tinham perdido tudo. Sandra e Amorim eram uns dos poucos que prosperaram nos tempos bons dos garimpos e ainda conseguiram preservar uma parte dos ganhos. Curiosamente, não tinham trabalhado diretamente com prospecção de ouro, apenas prestaram serviços aos autênticos garimpeiros.

Ao contrário de Sandra, que apesar de paraplégica gozava de boa saúde, Amorim tinha saúde frágil. Sofria de asma, gastrite, sinusite e reumatismo e, assim como todos no garimpo, tinha contraído pelo menos meia dúzia de malárias. Mesmo assim, uma vez por semana, religiosamente, o filho Renato o levava para o tradicional jogo de paciência na casa da amiga Sandra. Enquanto Renato ficava em Porto Velho à espera do pai, aproveitava para sair com Mariana e tomar sorvete ou assistir a um filme, não importava. Pelo menos eram essas as justificativas sempre aceitas, com boa dose de deboche. Era um namoro antigo, conhecido de todos, mas nunca oficializado. As más línguas insistiam que Camila, na verdade, era filha de Renato. Dezessete anos antes, quando ela nasceu, filha de pai desconhecido, ele estava casado e tinha dois filhos. O casamento de Renato não ia bem, até que um dia a esposa simplesmente evaporou e deixou o marido e os filhos para trás. Desde aquela época, Renato e Mariana tinham iniciado aquele relacionamento estranho, ele morando com seus filhos e ela, com a mãe. Os numerosos filmes que supostamente tinham assistido juntos e as montanhas de sorvete saboreadas ao longo de tantos anos serviram para alimentar muitas piadas bem-humoradas. Em algumas ocasiões, o casal tinha voltado do cinema, ou quem sabe da sorveteria, tão tarde – praticamente de madrugada – que Amorim havia sido obrigado a dormir no sofá da sala de Sandra.

Durante uma sessão de paciência, Sandra teve uma ideia que seu amigo aprovou na hora. Era final de outubro de 1993 e faltavam poucos dias para o aniversário de 70 anos de Amorim, uma boa oportunidade de convidar os amigos para um churrasco na fazenda da família dele. Depois da saída de Oleg do garimpo, após alguns meses em Israel, ele e Alice tinham se mudado para Manaus, onde iniciaram um pequeno negócio de transporte fluvial de cargas. Ocupados com suas novas atividades, com filho pequeno para cuidar e outro a caminho, já fazia algum tempo que não visitavam Rondônia. Nos últimos anos, Licco também estava quase incomunicável – passava a maior parte do tempo cuidando da plantação de árvores de pau-rosa em Maués, onde não tinha telefone. Amorim o tinha procurado algumas vezes no escritório da Berimex, em Manaus, e sempre a resposta fora: "Deixe seu nome e telefone que Licco retornará a ligação". Licco sempre telefonava, mas com o tempo os contatos ficaram cada vez mais raros.

Amorim demorou uns dias para descobrir o paradeiro de todos os que queria convidar e contatá-los. Roberto confirmou imediatamente – há muito tempo planejava uma visita para o aniversário de 70 anos do pai. A festa era um bom pretexto para mais um encontro com Maria Bonita. Um ano depois da Guerra da Prainha, ela tinha atendido ao convite dele de visitá-lo na Escócia e, desde aquela época, a cabocla do rio Purus e o professor de história medieval se encontravam com certa frequência.

Outros convidados também confirmaram na hora. Alguns, como Alice e Oleg, não poderiam comparecer. O pai de Oleg tinha falecido em setembro daquele ano e o casal tinha viajado para se juntar ao restante da família em Israel. Fortemente abalado, Licco tinha preferido não acompanhá-los em um primeiro momento e permaneceu em Maués. O impacto da morte prematura do irmão, resultado de um acidente vascular cerebral fulminante, foi tão grande que Licco tinha permanecido vários dias em estado de choque. Não conseguia se conformar com o fato de que o irmão tinha desaparecido exatamente quando tudo indicava a chegada de uma fase de felicidade e alegria, depois de uma vida turbulenta.

Para grande satisfação de Licco, Oleg tinha terminado a aventura do garimpo e casado com Alice. Logo nascia o primeiro neto, Elia, e o segundo já estava encomendado. O outro filho, Dov, tinha servido o Exército israelense e acabara de se formar em engenharia. A esposa Ester tinha alcançado ser pintora de sucesso e ele, homem respeitado e admirado, participava ativamente na direção do *kibutz* onde moravam. Atormentado com esse e outros problemas pessoais e à procura de um pouco de alívio, Licco resolveu aceitar o convite de Amorim e só depois, já recuperado, viajar para junto da família do irmão. A presença dele na festa de Amorim estava garantida.

Do aeroporto de Porto Velho, Licco foi para a casa de Sandra Reis – precisava desabafar com a amiga e pedir conselhos. Estava passando por um momento difícil e ela poderia ter a resposta para suas dúvidas.

Quando a menina Camila abriu a porta, Licco foi genuinamente surpreendido pela mudança radical na aparência da mulher sentada na cadeira de rodas. Os cabelos não eram mais cor de fogo e Sandra não usava mais as roupas chamativas que tinham sido sua marca registrada nos tempos do garimpo. A aparência era de uma meiga senhora idosa, de cabelos brancos bem arrumados e roupas discretas – a única extravagância era um pouco de batom.

Aos 70 anos de idade, esta teria sido a imagem de Sandra Reis, a jogadora de tênis de cinquenta anos antes, em Manaus. Nada lembrava a escandalosa dona de bordel no garimpo, passou pela cabeça de Licco. Apenas os olhos azuis continuavam os mesmos, ainda iluminavam o rosto, agora cheio de rugas e sem proteção da maquiagem.

Não tinha como não se emocionar. Por alguns instantes pareceu que Sandra iria chorar, mas conseguiu se controlar e até sorriu:

– Licco, amigo! Vejo que você se surpreendeu com minha nova aparência. Assim ninguém me reconhece e fico livre do preconceito que as pessoas têm com todos que trabalham ou alguma vez trabalharam com sexo. Lamento o acontecido com teu irmão. Pena que Alice e Oleg não vêm. Pelo menos você está aqui e Roberto está chegando amanhã. A união dele com Maria Bonita foi o resultado mais positivo da Guerra da Prainha.

Licco estava completamente por fora:

– De que guerra está falando, amiga?

Sandra ficou surpresa:

– Você nunca ficou sabendo daquela guerra? Agora não faz sentido guardar segredo. Passaram-se alguns anos, todos saíram ilesos e ainda resultou numa união feliz. Vale a pena contar! – e Sandra contou com boa dose de orgulho.

Era verdade que Oleg tinha comandado o contra-ataque fulminante com inegável competência e ganhado a batalha, que na boca dos garimpeiros ficou conhecida como Guerra da Prainha. Tinha ficado com a fama, mas, sem a ajuda de Sandra, o resultado poderia ter sido muito diferente.

– Bem, no final, quando ficou claro que tinham vencido, Maria Bonita comemorou com um último rojão de fogos de artifício, abraçou a única pessoa que estava a seu lado e sapecou-lhe um beijo. O sortudo era o filho de Amorim, Roberto – Sandra terminou o relato rindo. – Parece que ambos gostaram tanto que desde então não pararam de se beijar.

– Ninguém teve coragem de me contar esse horror! É a primeira vez que ouço esta história. Parece que sou o último a saber! – Licco extravasou. – À parte disso, fico feliz por Maria Bonita. Se alguém merece ser feliz, este alguém é ela. Oleg e Alice não puderam vir, mas vou representá-los à altura. Depois do aniversário de Amorim, também sigo viagem para Israel para ficar com a família. E planejo uma viagem à Bulgária. Ainda tenho muitos amigos por lá e quero ver como vai a adaptação à democracia, agora que o comunismo acabou. Na volta de Israel, Alice e Oleg vêm a Porto Velho visitar vocês. Estão com saudades!

– Maria Bonita me avisou. Agora que ela é sogra de Oleg, ficaram muito próximos, e ela passa grande parte do tempo em Manaus. Tinha de ser alguma coisa muito séria para Alice e Oleg não atenderem ao convite de Amorim. Posso imaginar que vocês estão tristes e abalados! Convivi com David apenas alguns dias, mas foi o suficiente para gostar dele. – Sandra silenciou por um instante e então mudou o tom: – Inacreditável como o mundo dá voltas! É quase certo que a qualquer hora Maria e Roberto vão juntar os trapos, e ela ainda vai ser nora de Amorim. Quando você o conheceu no garimpo, nunca poderia imaginar que um dia iriam ser parentes. Se minha filha Mariana e Renato terminarem com essa frescura de ir ao cinema e comer sorvete e finalmente se juntarem, até eu vou entrar nesta família. – Sandra riu.

– David para mim era mais que irmão. Ficamos órfãos muito cedo e ajudei a criá-lo. Fui quase um pai para ele. Durante a Segunda Guerra, ele conseguiu fugir do campo de trabalhos forçados e se juntou à resistência. Foi pego, torturado, quase perdeu a vida, mas sobreviveu. Depois da derrota da Alemanha, tornou-se uma pessoa importante na Bulgária, membro do partido comunista. Naquela época nasceu Oleg. Com o tempo, David, um jovem idealista, começou a se decepcionar com o regime que tinha ajudado a criar. O sonho tinha acabado, e a realidade nua e crua era que o regime comunista era uma ditadura tão sanguinária quanto o fascismo. Qualquer pensamento original ou independente, mesmo só um pouco diferente que o dos timoneiros das nações, como gostam de se autodenominar os líderes marxista-leninistas, era heresia e crime, que deveria ser extirpado. A desilusão ficou completa quando foi acusado de espionagem industrial e condenado a anos de detenção como traidor da pátria. David saiu da prisão em 1974, quando Berta e eu organizamos a fuga dele e de Oleg para o Ocidente. É uma longa história!

– Você já tinha contado um pouco sobre a vida do teu irmão, mas não conhecia essa última parte. Fiquei muito impressionada, na verdade horrorizada, com a história do pêndulo humano. A vida de David foi absolutamente fascinante! – Sandra estava tocada.

Licco ficou calado por algum tempo e Sandra sentiu que algo mais o atormentava. Então ele voltou a falar:

– Não bastasse a morte prematura de meu irmão, tenho outro problema sério e preciso de teu conselho, Sandra. Você não vai acreditar – Licco silenciou por alguns instantes. – Uma mulher.

A confissão pegou Sandra de surpresa. Não conseguia imaginar aquele homem com outra mulher a não ser Berta. A lembrança daquele par perfeito fazia parte da memória dos tempos bons da vida com Ricardo, e ela não queria ver nada mudado naquele filme.

Triste, Sandra arriscou:

– Uma mulher muito mais jovem, é isso?

Pela expressão no rosto dele, sentiu que tinha acertado em cheio.

– Esse sempre foi o tendão de Aquiles de todos os homens, especialmente quando passam dos 50, a idade do lobo. Sempre pensei que você fosse um dos poucos homens vacinados contra esse tipo de acontecimento. Desembuche, amigo! Conte, sou toda ouvidos.

E Licco contou da jovem professora primária, Laura, que conhecia desde a infância dela. Contou da trágica morte dos pais e da irmã e de como ele tinha dado proteção e abrigo a ela naquele momento difícil. Depois, relatou a forte malária contraída e como a menina Laura tinha tomado conta e lutado pela vida dele com dedicação e carinho.

– No início, eu a sentia como uma filha. Depois, pouco a pouco, nossos sentimentos mudaram... Não sei como uma garota de 20 anos pode sentir atração física por um velho de 70, mas sei que o inverso é bem possível. Teu amigo Licco está completamente apaixonado por essa mulher.

Sandra se ajeitou na cadeira de rodas:

– Teu problema, amigo, é bastante complicado, mas melhor do que eu podia imaginar. Pelo menos a tua professorinha não é aproveitadora. Nós, mulheres, sempre procuramos nos homens a segurança e a proteção que podem nos proporcionar! Imagine só, essa moça carente, órfã e sozinha no mundo encontra um homem maduro, gentil e carinhoso, um pouco gasto, é verdade, mas ainda bastante enxuto, e se abriga sob sua asa protetora. Provavelmente, Laura se encantou mais com a mente privilegiada de seu protetor do que com seu físico. E daí? Isso também é amor!

– Quanto tempo esse amor pode durar, Sandra? Não tenho coragem de enganar uma pessoa que amo. Sendo mais velho e mais maduro, enxergo mais à frente que ela. Tento não olhar para a garrafa de vidro, mas enxergar o líquido dentro dela. Em poucos anos serei um velho caquético e Laura, minha enfermeira. Não posso nem devo estragar a vida dela. Ainda mais que ela sonha com filhos – a voz de Licco soou triste. – Saí correndo de Maués, pedi um tempo para pensar, mas a verdade é que estou fugindo da desgraça disfarçada de felicidade. Isso dói muito.

Sandra não respondeu. Sentiu-se estranhamente cansada e pediu licença, precisava se deitar. Combinaram de continuar a conversa no dia seguinte, enquanto viajassem juntos para a fazenda de Amorim no carro de Sandra, adaptado para receber a cadeira de rodas. Antes de Licco ir embora, ela ainda perguntou:

– E os manuscritos de minha mãe? Estão bem guardados?

– Estão no cofre da minha casa, com instruções para Oleg e Daniel sobre como proceder na ocasião da minha morte. Li com muito cuidado, tive algumas surpresas e fiquei com uma dúvida: você sabe o nome verdadeiro de Sara Rosales?

– Pensei que iria passar despercebido – a voz da Sandra estava quase inaudível. – Sim, Licco, eu sei. O nome original de Sara Rosales, minha verdadeira mãe, era Esther Blumenfeld, irmã mais jovem de Rifca Blumenfeld. Na viagem da Polônia para a América do Sul, as duas irmãs faziam parte da mesma remonta com destino a Manaus. A irmã mais jovem confiou a filha, da qual não podia tomar conta, à irmã mais velha, Tamara Melo. Sou filha de minha tia ou, se preferir, prima de mim mesma. Agora, Licco, não tenho mais segredos.

O destino não quis que a viagem nem a festa de aniversário de Amorim se realizassem. Assim como tinha acontecido com a mãe dela anos antes, Sandra Reis foi dormir naquela noite e simplesmente não acordou no dia seguinte. Mariana a encontrou deitada na posição de sempre; parecia relaxada, mas, apesar do calor, o corpo estava gelado.

– Mariana ainda não chegou. Renato está ajudando a definir tudo relacionado ao enterro. Gostaria muito de encontrá-lo em circunstâncias mais alegres, amigo – disse Amorim, e Licco sentiu que o pequeno homem estava muito abatido e no limite de suas forças. Licco tinha acabado de chegar à casa de Sandra para se despedir de Mariana, depois iria direto para o aeroporto. Os últimos dias não tinham sido fáceis e ele estava triste e cansado.

"Estou numa fase horrível", pensou Licco. "Quero consolar o amigo, mas estou totalmente sem palavras. Em tão pouco tempo perdi meu irmão e agora Sandra! Ainda por cima, na minha idade, estou vivendo uma paixão impossível, um amor sem futuro algum. E mal tive tempo de receber os conselhos da Sandra!"

Entrou mais gente na sala e os dois homens ficaram alguns momentos em silêncio, então a porta se abriu outra vez e Licco viu entrar Maria Bonita, um pouco mais velha, mas vistosa como sempre. Ela o viu, foi direto em sua direção e o abraçou. Era um gesto tenro, como quem abraça o pai após longa ausência. Os olhos verdes ainda eram lindos e, mesmo tristes, pareciam sorrir.

"Esse professor de história medieval tem muita sorte", passou-lhe pela cabeça. Sentiu uma lágrima brotar, tentou escondê-la e zombou consigo mesmo:
– Estou ficando velho e frouxo!
– Seu Licco agora só quer saber de Maués. Passei seis meses em Manaus, conheci toda a família, mas você nem apareceu.

"Provavelmente todos já sabem do meu caso com Laura e meus amigos devem discutir com entusiasmo o tamanho dos chifres que irão ornar minha cabeça em poucos anos", Licco continuou divagando e achou que tinha percebido um fundo de malícia no comentário de Maria.

Ela abraçou Amorim com a mesma ternura e Licco teve a impressão de ouvi-lo soluçar. Naquele momento, entrou Mariana com um pequeno envelope na mão. Os olhos estavam vermelhos de choro, mas Licco a sentiu surpreendentemente serena e forte. Sem demorar, ela se dirigiu a Amorim:
– Tio Vicente, minha mãe estava preparando uma brincadeira para sua festa de aniversário. Estava escrevendo uma carta que infelizmente não conseguiu terminar. Minha mãe tinha muito carinho pelo senhor, tio, e faço questão que receba este último presente deixado por ela. Mariana abriu o envelope, retirou uma carta datilografada em papel timbrado da prefeitura de Porto Velho e leu em voz alta:

Prezado Senhor Vicente Amorim,
Pelo presente ofício, fica Vossa Senhoria convocada a comparecer no crematório municipal de Porto Velho, à Avenida Calama 7.855, forno 165,

munido de dez litros de gasolina ou dois metros cúbicos de lenha, no dia oito de novembro do ano corrente às 7h00min para ser cremado conforme decisão unânime da Comissão da Cidadania da Câmara Municipal desta cidade.

Fica Vossa Senhoria, a partir do recebimento desta carta, terminantemente proibida de ingerir bebidas alcoólicas ou tomar qualquer tipo de medicamento, a fim de evitar explosão ou combustão descontrolada.

Atraso maior que 30 minutos acarreta multa inicial de 2 mil cruzeiros, acrescentando-se a este montante o valor de 500 cruzeiros por cada hora adicional de atraso.

Devido à sua avançada idade e pouco peso, o que justifica seu apelido Meio-Quilo, mesmo considerado de absoluta inutilidade pública, fica Vossa Senhoria isenta do pagamento de tributo municipal correspondente a este procedimento.

O rosto do Amorim se iluminou com um sorriso alegre e isso contagiou todos os presentes. No meio dos risos, Mariana continuou:

– Achei esta carta ainda na máquina de escrever. Agora entendo por que minha mãe incomodou tanta gente só para conseguir algumas folhas timbradas da prefeitura! Estranha ironia do destino. O enterro dela está marcado para amanhã, oito de novembro, o mesmo dia que ela sugere para sua cremação, tio.

Eu, Maria

Como mudou Fortaleza do Abunã! A catarata está igual, mas grande parte da cidade está eletrificada, pavimentada, e a BR-364 já está asfaltada. Agora é tão fácil viajar para Porto Velho ou para Rio Branco! O acesso aos seringais também está muito melhor. Na época eram necessários dois pernoites no caminho de Quatro Ases até a pequena cidade. Fiz este mesmo caminho vinte e três anos atrás, andando a pé ao lado da carroça lotada de pelas de borracha. Laica e Isaías, que tinha 6 anos de idade, acompanharam-me na caminhada, enquanto Alice e Lídia se revezavam em cima das pelas. Voltei outra vez acompanhada de um seringueiro que tinha trabalhado com Adriano e Benjamin para buscar as pelas restantes. Aos poucos, consegui vendê-las e assim construímos uma pequena casa na periferia do vilarejo. Com o restante do dinheiro, consegui alugar um ponto com vista para o rio Abunã, onde vendia lanches e doces que fazíamos em casa.

De alguma maneira conseguimos sobreviver. Éramos pobres, mas não miseráveis, e não chegamos a passar fome. Nunca fui de ficar parada – topava qualquer trabalho e até cheguei a fazer pequenos serviços para a esposa do prefeito. Ao longo dos anos tive alguns pretendentes, mas Adriano ainda estava muito presente em minha mente e não queria saber de outro macho. Preferia cuidar de meus filhos e, junto com eles, estudar e aprender um pouco mais. Na infância nunca fui à escola, só aprendi a ler aos 16 anos, com ajuda de Adriano. Meus livros escolares foram os jornais do dia anterior e alguns ainda mais antigos, que serviam de embalagem. Depois, já no seringal, dona Nina me ensinou a fazer contas.

O primeiro ano em Fortaleza de Abunã foi muito difícil para mim e para as crianças. Passadas as primeiras semanas, Alice finalmente entendeu que os pais e o irmão não tinham viajado apenas por poucos dias, e, sim, que nunca mais voltariam. Essa desgraça toda não cabia na cabeça da criança. O choro baixinho e contido, de cortar o coração, deixava-me aflita e triste. De certa forma, a dor dela amenizou a nossa. Eu vivia ocupada com os afazeres de todo dia e tão preocupada com as crianças que não sobrou tempo para minhas próprias angústias. Todas as noites, Alice só conseguia adormecer abraçada a mim e quando, finalmente, caía no sono, vinham os pesadelos. Isaías e Lídia parecem ter entendido que, naquelas condições, ela era prioridade, e todos nós demos muito amor à menina, até que o tempo se encarregou de amenizar o sofrimento.

Assim fomos levando a vida, cada um ajudando como podia e procurando apoio nos outros. Fui e continuo sendo a orgulhosa mãe de três filhos, que amo por igual. Ficamos traumatizados com os trágicos acontecimentos no seringal, que nos marcaram para o resto de nossa vida, mas por sorte não tivemos muito tempo para lamentações. Fomos obrigados a suprimir a dor, engolir as lágrimas e seguir em frente. Eu, a cabocla ignorante do rio Purus, segurei a barra, trabalhei muito, as crianças me acompanharam, e todos juntos aprendemos uma importante lição: mesmo na desgraça é preciso enfrentar os problemas de peito aberto e fazer mais e melhor que o esperado. Assim, hoje me atrevo a pensar que saímos todos vencedores.

A escola municipal de Fortaleza de Abunã era muito modesta, mas tinha professora e alguns livros. Graças a ela, meus filhos aprenderam cedo a ler e escrever e até um pouco de matemática. Toda noite sentávamos à luz da lamparina para estudar e fazer as tarefas. Nesses momentos, transformava-me em mais uma aluna aplicada. Levamos uma vida simples e bastante pobre, mas as crianças cresceram saudáveis e, mesmo sem pai, desfrutaram de uma vida familiar bastante intensa.

Lembro bem que Isaías tinha 14 anos quando a esposa do prefeito me chamou e pediu que preparasse um almoço para vinte pessoas, integrantes da comitiva do novo governador do Território de Rondônia, coronel Jorge Teixeira. Sei cozinhar bem, ainda menina trabalhei no restaurante da dona Neide, lá em Surará, no rio Purus. Fiz uma grande variedade de peixes regionais preparados de várias maneiras e o almoço foi um sucesso. Dona Aída, esposa do coronel, ficou encantada e foi me congratular e agradecer pelo excelente almoço. Parece que gostou de mim, porque antes da comitiva sair da cidade, ela voltou e me perguntou se teria interesse em me mudar para Porto Velho. Iria trabalhar como cozinheira no palácio do governador, como funcionária do Estado, com carteira assinada e todos os direitos. Ela iria me ajudar a comprar uma casinha e colocar as crianças na escola. Não pensei duas vezes nem fiz mais perguntas! Em janeiro de 1980, vendi às pressas nossa pequena casa, e chegamos em Porto Velho um pouco assustados e apreensivos, mas cheios de esperanças. O maior problema naquela mudança abrupta foi que tivemos de nos despedir da nossa brava Laica. Ela tinha acabado de ter cria e não podíamos levá-la conosco. Ficou na casa da nossa vizinha, onde era muito querida, e isso facilitou a despedida da companheira de todo aquele tempo.

Dona Aída e o coronel Teixeira foram muito importantes em minha vida durante aqueles anos. Sem a ajuda deles não teríamos conseguido nossa casa, muito menos as crianças teriam estudado nas melhores escolas de Porto Velho. O coronel tinha sido comandante do Colégio Militar de Manaus e sabia muito bem a importância da boa escola na vida dos jovens. Quando Isaías terminou o ensino médio com distinção, o coronel não teve dúvida – ajudou no deslocamento dele para São Paulo num avião da FAB e arranjou abrigo na casa de um amigo. Assim, Isaías fez vestibular para medicina e foi aceito em uma das melhores universidades públicas do Brasil. Durante os primeiros anos de estudo, o coronel e dona Aída ajudaram em várias outras ocasiões, até que, em 1986, quando Isaías cursava o segundo ano, o mandato do coronel terminou e nossos caminhos se separaram. Ele foi morar no Rio de Janeiro e até brincou comigo que sentiria saudades de minhas comidinhas. Nunca mais o vi.

O novo governador tinha a cozinheira dele e, como eu era funcionária não concursada, fiquei sem emprego. Precisava arranjar outra fonte de renda rápido – não era nada fácil manter um filho estudando em São Paulo e uma casa com duas filhas estudantes em Porto Velho. Com a ajuda das meninas, voltei a fazer doces, e assim fomos levando a vida, até que um dia fui procurada por um emissário de dona Sandra, proprietária da melhor boate da cidade. Ela precisava de uma cozinheira para o estabelecimento que ficava bem no centro de Porto Velho. Era a melhor proposta que tinha recebido até então. Na primeira vez em que encontrei dona Sandra, sentada naquela cadeira de rodas, confesso que senti medo, sobretudo porque havia um boato de que teria mandado matar o ex-marido. Mesmo assim aceitei o emprego – não tinha outra escolha. Com o tempo, conheci dona Sandra e, aos poucos, descobri o doce de pessoa que se escondia debaixo da máscara da cafetina durona.

Meses mais tarde, ela abriu o hotel flutuante e o restaurante Casa da Lola, no garimpo do Teotônio, e me convidou para trabalhar lá, já com salário muito melhor – quinze gramas de ouro por mês. Na cidade nunca ganharia tanto dinheiro. Aceitei na mesma hora – precisava do dinheiro para meus filhos. Já no garimpo, um dia ela escutou um homem me oferecer exatamente os mesmos 15 gramas por uma noitada. Era comum que, por muito menos, as cozinheiras complementassem o salário desse jeito. Quando ele foi embora, Sandra quis saber por que eu não tinha aceito aquela fortuna, e então contei um pouco da minha vida até a morte de Adriano e a saída do seringal Quatro Ases. A partir daquele dia, dona Sandra começou a me tratar de um jeito diferente. Ela fez questão de conhecer minha casa na cidade, que eu tinha comprado e pago com a ajuda do Teixeirão, e assim acabou conhecendo minhas filhas, Alice e Lídia. Então, fez uma oferta surpreendente: as meninas se mudariam para a casa grande e confortável que ela tinha em Porto Velho com a única obrigação de tomar conta da sua neta, Camila. A menina precisava estudar e Mariana não tinha com quem deixá-la na cidade. Ficou claro que dona Sandra tinha gostado das minhas filhas. Era um arranjo muito bom para nós – Alice e Lídia morariam numa casa mais confortável, num bairro melhor e mais perto das respectivas faculdades. E eu poderia alugar minha casa e, com o dinheiro, garantir a mesada de Isaías em São Paulo. Tudo funcionou tão bem que em pouco tempo nos tornamos amigas e confidentes – ela me ajuda sempre e eu retribuo com tudo o que posso.

Depois, apareceu Oleg, um jovem bonito, ambicioso e bem-educado. Quando dona Sandra descobriu que era sobrinho de Licco, amigo de longa data, ficou agitada como nunca a tinha visto e resolveu ajudar o homem que apelidou de deus grego. Ele queria virar garimpeiro e estava procurando uma draga para comprar. Por coincidência, dona Sandra tinha uma draga escariante no garimpo de Palmeiral que estava parada há meses à espera de comprador. Ela a vendeu barato para Oleg e ainda me mandou trabalhar nela. Queria saber tudo o que se passava naquela draga – parecia que Oleg era filho dela. Ele pagava muito bem – em alguns meses cheguei a ganhar trinta gramas de ouro para cozinhar e lavar roupa da tripulação, e, assim, de repente, eu me vi com sobra de dinheiro, algo que nunca tinha acontecido. Trabalhei um ano com ele e posso afirmar com tranquilidade que é um homem do bem, honesto, decente e muito inteligente. Hoje Oleg é marido de minha filha Alice, e me orgulho muito de meu genro.

Ainda no garimpo, participei da famosa Guerra da Prainha. Por sorte, nenhum de nós se machucou, mas cinco homens do outro lado morreram e outros cinco foram presos. Tivemos uma grande vantagem, porque Sandra nos avisou que iríamos sofrer um assalto. Devidamente preparados, conseguimos surpreender os pistoleiros, que não esperavam a recepção calorosa que preparamos. Naquela noite, Roberto e eu ficamos em cima do barranco para dar cobertura e soltar fogos de artifício para deixar os agressores iluminados. Desde meus tempos de criança, no lago Igapó-Mirim, tenho sentidos aguçados, provável herança de meus ancestrais indígenas. Não sei explicar, mas é verdade que consigo enxergar onde a maioria das pessoas não vê nada e sinto a presença de estranhos instintivamente. Assim, no meio da noite escura, lá de cima do barranco, antes de qualquer um, enxerguei, ou melhor, senti as canoas dos pistoleiros se aproximarem. Dei o primeiro tiro de alerta enquanto Roberto soltava os fogos de artifício. Na hora das luzes coloridas, a batalha mais pareceu uma festa, só que naquela festa morreu gente. A vida no garimpo não tem muito valor – vez por outra um defunto desce o rio levado pela correnteza. Era um acontecimento quase banal, com certa dose de indiferença a gente assistia e se perguntava o que aquele corpo sem vida teria feito para merecer o triste fim.

Depois daqueles anos prósperos e cheios de aventuras, vieram os tempos da decadência, quando centenas de dragas foram abandonadas e os barrancos se tornaram tristes cemitérios daquilo que restou: enormes montanhas de ferro velho. Oleg e eu tivemos a sorte de sair do garimpo na hora certa.

Meu relacionamento tardio com Roberto me ajudou a ficar mais madura, segura de mim mesma e paciente. Mal consigo acreditar que depois de mais de vinte anos de recesso estou namorando de novo. Já tinha esquecido que o amor pode ser tão tenro e tão agradável. Tudo começou na noite da inauguração da Casa da Lola, no garimpo do Palmeiral. Depois do jantar, pedi carona na canoa do seu Amorim – estava bastante tarde e eu precisava trabalhar cedo no dia seguinte. Sentei ao lado de Roberto e iniciamos a viagem. No meio do caminho senti a mão dele repousar em cima da minha, tentei mudar de posição, mas ele me segurou e me dei conta de que aquele contato não era por acaso. Ele evitou meu olhar e, envergonhado, ficou quase virado para o outro lado, ainda sem largar minha mão, e eu senti carinho naquela sua pegada. Sem saber o que fazer, permanecemos assim um bom tempo. Para minha surpresa, senti prazer naquele contato físico. No garimpo esse tipo de coisa é rara – as pessoas pensam em sexo, não em sentimentos e carinhos dessa natureza. Nosso relacionamento foi consequência de alguns poucos olhares que trocamos durante o jantar e daquele toque casual. Quando aconteceu a Guerra da Prainha, já estávamos namorando há algumas semanas.

Oleg zomba que, para me conquistar em definitivo, Roberto precisa mudar de especialidade. História tudo bem, mas história medieval não tem chance no Brasil! É brincadeira, mas tem um fundo de verdade. Embora goste bastante da Escócia no verão, não suporto o frio europeu no inverno. Sabendo disso e querendo me agradar, Roberto está procurando uma oportunidade de voltar para o Brasil. Talvez possa ensinar em alguma universidade. Enquanto isso não acontece, vou para a Escócia no verão e ele vem no Natal e Ano-Novo para Rondônia.

Algumas coisas mudaram depois da morte de dona Sandra. Finalmente, Mariana e Renato assumiram o relacionamento e reconheceram formalmente que ele é o pai da Camila. Estão casados e não precisam mais ir ao cinema ou tomar sorvete todas as noites.

Outras coisas mudaram para pior. Seu Vicente Amorim nunca superou a ausência da amiga e parceira do jogo de paciência. Está com a saúde debilitada e tão abatido que raramente conta as piadas, sua marca registrada desde sempre.

Outro que me preocupa é Licco. Parece que os anos estão começando a pesar e ele já não vai com tanta frequência a Maués para cuidar da plantação de pau-rosa. Agora fica a maior parte do tempo lendo e escutando música na casa em Manaus. Há pouco tempo, Oleg comentou que alguns anos depois da morte da Berta o tio teria se apaixonado por uma mulher bem mais jovem. A desilusão sofrida nesse relacionamento o teria deixado muito abatido. Sinto que é uma espécie de tabu no seio da família Hazan e não faço mais perguntas.

Sempre que vou passar alguns dias com Alice e Oleg em Manaus, vou visitar Licco e conversamos longas horas. Por alguma razão que não consigo explicar, sinto segurança, conforto e paz na companhia dele e sei que ele também aprecia minha presença. Fico preocupada, porque mesmo em boa saúde e recebendo muita atenção da família, ultimamente o tenho achado mais solitário e triste.

Meus filhos estão todos crescidos: doutor Isaías mora em São Paulo, trabalha num hospital conhecido e não tem tempo para nada, nem para namorar. Queria ter vindo conosco nesta volta ao seringal Quatro Ases, mas a vida dos jovens médicos, especialmente no início da carreira, é dura. Mesmo lembrando pouco de nossos tempos no seringal, Lídia faz questão de visitar o túmulo do pai. Contei tantas histórias sobre a beleza do rio, suas cachoeiras e praias, sobre as matas virgens, o canto dos pássaros e o grito dos macacos que a expectativa dela é enorme. Ela é jornalista conhecida no país inteiro, mora com Isaías em São Paulo e, assim como ele, só pensa na carreira. Orgulhosa, adoro assistir ao sucesso dos meus filhos – para uma simples cozinheira que nunca foi à escola e ficou viúva muito cedo, acho que consegui me sair bem. Até agora só tenho um neto, mas o segundo já está encomendado. Mesmo barriguda, Alice insiste em voltar conosco a Quatro Ases. Ela nunca disse nada, mas a conheço e sei que quer se despedir uma última vez de Nina, Benjamin e Ariel.

Ano passado realizei outro sonho: num feriado prolongado, consegui que Oleg e Alice me acompanhassem em minha volta ao rio Purus, onde nasci e cresci. Levou quase doze horas de barco de Manaus até o lago Surará, que em outros tempos tinha sido tão importante para mim. Foi uma viagem que mexeu comigo, especialmente porque o lago continua lindo como sempre e a paisagem está quase intacta. O flutuante onde morei com Adriano não existe mais, mas a vegetação e a pequena praia continuam lá. Lágrimas brotaram de meus olhos, as recordações tomaram conta de mim, então lá do fundo do baú emergiu uma lembrança doce: naquele lugar encantado eu, ainda menina, seduzi Adriano quase à força e, feliz da vida, perdi a virgindade. Lembrando aquela cena não consigo conter o riso.

Ainda fomos até Igapó-Mirim e descobri que Surará não fica tão longe quanto imaginava. Vinte e tantos anos atrás, Adriano e eu levamos alguns dias remando a favor da corrente do rio Purus para percorrer a mesma distância. Agora, com motor de popa, mesmo contra a correnteza, levamos poucas horas. Quando entramos no longo canal que leva do rio ao lago, como num filme, comecei a ver imagens de minha infância. Naquele lugar o tempo realmente tinha parado. Ali nada mudou. No caminho encontramos árvores centenárias, que reconhecia emocionada, e, para minha surpresa, botos-tucuxi surgiram no mesmo local onde anos atrás costumava vê-los brincar. Ouvi a chamada do tucano atraindo seu par, procurei e, como todos os dias da minha infância, vi o pássaro colorido escondido entre os galhos verdes. Tudo estava igualzinho a como eu me lembrava. Parecia que tinha saído daquele lugar encantado apenas dias antes. A grande diferença é que agora no lago não há moradores. Procuramos o lugar onde ficava a minha casa, fomos até o local onde embarquei na canoa de Adriano, mas não achamos nada. Nem velhas toras de madeira açacu nem outros indícios de que ali tinha morado gente. Ficou claro que os antigos habitantes tinham abandonado o lago muitos anos atrás. Ainda procuramos por dona Eulália nos lagos vizinhos, em Paricatuba e até mais longe, no Apuí, mas ninguém se lembrava de minha mãe. Os moradores que encontramos perguntavam pelo sobrenome da pessoa que estávamos procurando, mas eu não sabia a resposta. Hoje parece incrível, mas é pura verdade – eu nunca soube o sobrenome da minha mãe nem do meu padrasto. Fiquei observando com atenção, um por um, os caboclos que encontramos em nosso caminho – provavelmente no meio deles eu tinha um irmão ou uma irmã, que nunca iria reconhecer.

Depois de tantos anos, estamos voltando ao seringal Quatro Ases para finalmente completar minha volta ao passado. Em Fortaleza do Abunã conseguimos encontrar os antigos vizinhos e ainda conhecemos a neta de Laica – branca, com grandes manchas pretas como a mãe. Como em um sonho, volto a ver uma cena que está gravada na minha mente: naquela mesma rua, as meninas Lídia e Alice, ainda crianças, correndo atrás da vira-lata. Como se estivessem vendo o mesmo filme, de repente, elas, agora mulheres adultas, iniciam a mesma brincadeira. A cachorra aceita, corre abanando o rabo cheia de felicidade, depois de poucas voltas se deixa pegar e, dengosa como a avó, recebe todos os agrados e carinhos. Abraço-me à vizinha e choro. Antes de partir, Alice encomenda uma fêmea, quando a cachorrinha tiver a próxima cria. Nem preciso perguntar – já sei qual vai ser o nome do futuro xodó da família. Lídia e Alice curtem cada momento desse retorno à infância, que vão guardar para sempre na memória.

Os vizinhos logo nos avisam para não esperarmos muito da nossa volta a Quatro Ases, porque os antigos seringais, como nós lembramos, não existem mais. Quase todos têm novos proprietários e agora tudo gira em volta da agropecuária.

O caminho que a camioneta percorre não é asfaltado, mas de piçarra e andamos bastante rápido. Não reconheço nada ao redor, mas sei que estamos chegando e sinto o coração bater mais acelerado. Passada a última curva, vejo um imenso pasto e, no meio dele, incrédula, reconheço a velha sumaúma gigante em cuja sombra outrora ficava o casarão de Benjamin Melul. Em volta da árvore majestosa, o gado numeroso procura alívio do calor. Já não há marcas, mas sei que em algum lugar ali, um pouco à direita da gigante frondosa, estão enterrados os corpos de Adriano, Benjamin, Nina e Ariel. Que descansem em paz!

Por mais que tente me orientar, não acho o local exato da casa que foi nosso lar e onde nasceram Isaías e Lídia. Não acredito nos meus olhos – não sobrou nada, nada da floresta que vinte anos antes reinava soberana naquele mesmo lugar. De tão decepcionada não consigo dizer uma palavra sequer. Viro-me e observo Alice e Lídia: a expressão delas também é de completo desapontamento. Ainda bem que Isaías não veio!

Em silêncio, caminhamos em direção à beira do rio e vejo que, sem a floresta, lá estão os sinais inequívocos de erosão. Mais uma vez, a presença do homem está trazendo a destruição.

Chego mais perto e lá do alto do barranco enxergo uma pequena praia de areia branca. Ali o rio faz uma curva acentuada à esquerda e, do outro lado, um pouco mais para cima, deságua no Abunã um rio menor, que vem das terras altas da Bolívia. Sinto o coração pulsar acelerado – agora dá para reconhecer. Tinha sido ali, naquele exato lugar, que vinte e três anos antes uma tromba-d'água, que arrancou árvores centenárias e destruiu tudo no seu caminho, levou o barco com as preciosas pelas e mudou nossas vidas para sempre.

Glossário

Abacaxi
Equipamento feito de aço usado para quebrar pedras no leito do rio.

Açacu
Madeira leve e resistente que flutua com facilidade e serve para sustentar estruturas em cima da água, como as casas flutuantes.

Arroto
Material já processado, que é descartado.

Arvit de Shabat
Serviço religioso de sexta-feira à noite.

Balsa
Flutuante que faz a sucção de cascalho do fundo do rio com ajuda de mergulhadores.

Bamburrar
Conseguir bons resultados e acumular bastante ouro.

Bandeirinha
Canoeiro que atua como táxi no garimpo.

Batelão
Barco regional de madeira muito usado na Amazônia para transporte de pessoas e cargas.

Boroca
Tipo de bolsa pequena usada para guardar ouro da qual o garimpeiro nunca se separa.

Boto-tucuxi
Golfinho cinza típico da Amazônia.

Brabo
Garimpeiro inexperiente.

Brefado
Quem não produz o suficiente para se manter.

Caixa
Recipiente acarpetado no qual se deposita o material sugado pela draga.

Challah
Pão usado na celebração do Shabat.

Chata
Canoa de aproximadamente cinco metros de comprimento. É o mesmo que "voadeira".

Chevra Kadisha
Entidade que prepara os corpos para o enterro de acordo com a tradição judaica.

Coronel de barranco
Termo utilizado para descrever o dono de seringal, geralmente alguém rude.

Despesca
Processo de depuração de ouro no garimpo, que inclui a lavagem do material aspirado do leito do rio, seguida de sua transferência para a centrífuga, quando o material resultante da centrifugação sofre a adição de azougue (mercúrio), que, por sua vez, é queimado de maneira a restar apenas o ouro.

Draga
Equipamento de extração de material do leito do rio para processamento. A draga não necessita da ajuda de mergulhadores para posicionamento do tubo condutor.

Draga escariante
Instalação flutuante para a extração de material do leito do rio dotada de potente motor de caminhão e bomba. Pode perfurar de oito a doze metros cúbicos a uma profundidade de trinta metros.

Fofoca
Acúmulo de balsas e dragas. Pode significar garimpo.

Kidush
A oração do vinho na sexta-feira à noite.

Lança
Cano de ferro que alcança o leito do rio. Fica acoplado à bomba de sucção.

Manso
Garimpeiro experiente.

Maraca
Broca acoplada à ponta da lança de dragas escariantes. Nele é afixado o abacaxi.

Material cego
Material não produtivo.

Pela
Bola de borracha de aproximadamente 50 quilos.

Pistoleiro
Peão contratado para dar proteção ou matador de aluguel.

Pogrom
Pilhagens, assassinatos e outros tipos de violência dirigidos a minorias e especialmente a judeus no Leste Europeu, com incentivo e beneplácito de autoridades.

Poita
Qualquer peso que é usado de âncora.

Remonta
Termo emprestado do comércio de cavalos na Argentina. No contexto do livro, significa o recrutamento por meios ilícitos de mulheres para prostituição.

Stille Chupah
Casamento clandestino, não registrado por rabino, e que não tem validade perante a lei.

Shtetl
Denominação em iídiche (língua falada pelos judeus do Norte e do Leste Europeu) para "povoado" ou "cidadezinha" com população predominantemente judaica na Polônia, na Rússia ou na Bielorússia.

Tarrafa
Rede de pesca circular, muito popular na Amazônia, que e arremessada com as mãos de tal maneira que ela se abra antes de cair na água e prenda os peixes que estejam dentro do perímetro dela.

Voadeira
Canoa feitas de alumínio ou ferro, com motor de popa, que serve para rebocar as dragas ou como meio de transporte. É o mesmo que chata.

Zwi Migdal
Máfia que se ocupou do tráfico de mulheres, a maior parte judias do Leste Europeu, para a América do Sul no final do século XIX e início do século XX.

Ilko Minev nasceu em 1946 em Sofia, Bulgária, mas, por viver há mais de 40 anos no Brasil, sente-se um brasileiro nativo. É, por suas contribuições para a sociedade amazônica como respeitado empresário, "Cidadão Honorário de Manaus", onde vive. Antes de vir ao Brasil, Ilko recebeu asilo político na Bélgica, por ser dissidente político; foi lá que estudou Economia. Tornou-se escritor aos 66 anos, depois de se aposentar de uma carreira executiva. Suas obras buscam redimensionar a importância de eventos históricos marcantes na vida do autor, transcendendo nacionalidades, mas sem perder a influência de suas raízes judaico-búlgaras e seu amor pelo Brasil.

Fontes   TIEMPOS, MARK PRO
Papel   PÓLEN SOFT 80 G/M²